रज़ा
पुस्तक माला

कर लो प्रीत खुलासा गोरी

अनुवाद | साक्षात्कार | लेख

रज़ा फ़ाउण्डेशन | THE RAZA FOUNDATION

कर लो प्रीत खुलासा गोरी

अनुवाद | साक्षात्कार | लेख

रमेशदत्त दुबे

वाणी प्रकाशन

रज़ा पुस्तक माला : अनुवाद | साक्षात्कार | लेख

प्रधान सम्पादक : अशोक वाजपेयी | सम्पादक : पीयूष दईया

वाणी प्रकाशन और रज़ा फ़ाउण्डेशन का सह-प्रकाशन

वाणी प्रकाशन

4695, 21-ए, दरियागंज, नयी दिल्ली 110 002

फ़ोन : +91 11 23273167 फ़ैक्स : +91 11 23275710

शाखाएँ

अशोक राजपथ, पटना 800 004, बिहार

कॉफ़ी हाउस कैम्पस, महात्मा गांधी मार्ग, इलाहाबाद 211 001, उत्तर प्रदेश

महात्मा गांधी अन्तरराष्ट्रीय हिन्दी विश्वविद्यालय, वर्धा 442 001, महाराष्ट्र

सुल्तानिया रोड, मोतिया पार्क, भोपाल 462 001, मध्य प्रदेश

www.vaniprakashan.in
marketing@vaniprakashan.in
sales@vaniprakashan.in

KAR LO PREET KHULASA GORI
by Rameshdatt Dube

ISBN : 978-93-89012-38-5

Translation | Interview | Prose

प्रथम संस्करण 2019

मूल्य : ₹ 199

यश प्रिंटोग्राफ़िक्स, नोएडा-201 301(उ.प्र.) में मुद्रित

वाणी प्रकाशन का लोगो मक़बूल फ़िदा हुसेन की कूची से

लोक के मर्मी आचार्य
डॉ. कान्तिकुमार जैन
के लिए

आमुख

कलाओं में भारतीय आधुनिकता के एक मूर्धन्य सैयद हैदर रज़ा एक अथक और अनोखे चित्रकार तो थे ही उनकी अन्य कलाओं में भी गहरी दिलचस्पी थी। विशेषतः कविता और विचार में। वे हिन्दी को अपनी मातृभाषा मानते थे और हालाँकि उनका फ्रेंच और अँग्रेज़ी का ज्ञान और उन पर अधिकार गहरा था, वे फ्रांस में साठ वर्ष बिताने के बाद भी, हिन्दी में रमे रहे। यह आकस्मिक नहीं है कि अपने कला-जीवन के उत्तरार्द्ध में उनके सभी चित्रों के शीर्षक हिन्दी में होते थे। वे संसार के श्रेष्ठ चित्रकारों में, 20-21वीं सदियों में, शायद अकेले हैं जिन्होंने अपने सौ से अधिक चित्रों में देवनागरी में संस्कृत, हिन्दी और उर्दू कविता में पंक्तियाँ अंकित कीं। बरसों तक मैं जब उनके साथ कुछ समय पेरिस में बिताने जाता था तो उनके इसरार पर अपने साथ नवप्रकाशित हिन्दी कविता की पुस्तकें ले जाता था : उनके पुस्तक-संग्रह में, जो अब दिल्ली स्थित रज़ा अभिलेखागार का एक हिस्सा है, हिन्दी कविता का एक बड़ा संग्रह शामिल था।

रज़ा की एक चिन्ता यह भी थी कि हिन्दी में कई विषयों में अच्छी पुस्तकों की कमी है। विशेषतः कलाओं और विचार आदि को लेकर। वे चाहते थे कि हमें कुछ पहल करनी चाहिए। 2016 में साढ़े चौरानवे वर्ष की आयु में उनकी मृत्यु के बाद रज़ा फ़ाउण्डेशन ने उनकी इच्छा का सम्मान करते हुए हिन्दी में कुछ नये क़िस्म की पुस्तकें प्रकाशित करने की पहल रज़ा पुस्तक माला के रूप में की है, जिनमें कुछ अप्राप्य पूर्व प्रकाशित पुस्तकों का पुनःप्रकाशन भी शामिल है। उनमें गाँधी, संस्कृति-चिन्तन, संवाद, भारतीय भाषाओं से विशेषतः कला-चिन्तन के हिन्दी अनुवाद, कविता आदि की पुस्तकें शामिल की जा रही हैं।

सभी पुस्तकों पर रज़ा साहब और उनके समकालीन मित्र चित्रकारों आदि की प्रतिकृतियाँ आवरणों पर होंगी।

रज़ा बुन्देलखण्ड में ही पले-बढ़े थे और इस अंचल के प्रति उनमें गहरा लगाव और अनुराग था। बुन्देली में अत्यन्त लोकप्रिय और महाकवि माने जाने वाले ईसुरी का खड़ीबोली में, रमेशदत्त दुबे जैसे सावधान और सक्षम कवि द्वारा अनुवाद का यह संचयन उन्हें बहुत प्रसन्न करता। हिन्दी का यह दुर्भाग्य है कि उसने अपने आधुनिक काल में, स्वयं को बोलियों की अपार शब्द-सम्पदा से दूर कर लिया। प्रेम की निपट स्थानीयता, सजल ऐन्द्रियता और कहन की सुषमा से भरपूर ईसुरी का यह खड़ीबोली में अवतार रीति और शृंगार की एक अटूट परम्परा का, एक तरह से, पुनर्वास है। विस्मृति के इस अभागे समय में यह याद दिलाता है कि आज जब घृणा को भारतीय समाज के केन्द्र में प्रतिष्ठित किया जा रहा है तब ईसुरी जैसे पुरखे अगाध प्रेम के मुक़ाम पर रहे हैं : वे घृणा का प्रतिलोम भर नहीं मानवीयता के मूल भाव प्रेम का पुनर्कथन भी हैं। यही बात त्रिलोचन के साथ उनके संवाद पर भी खरी उतरती है और उनके आलेख 'विहंग' पर भी।

—अशोक वाजपेयी

प्रस्तावना

ईसुरी की कविताओं के ये रूपान्तरण रीतिकाल की वापसी का यत्न नहीं है। ईसुरी उत्तरी रीतिकाल के बुन्देली के महाकवि हैं। उनका जन्म सन् 1824 में झाँसी के पास एक गाँव मेढ़की में हुआ था। उन्होंने 16-12 मात्रा की तीन सौ साठ फागें चौकड़िया छन्द में लिखी हैं। ईसुरी प्रेम, सौन्दर्य, शृंगार के उत्कृष्ट कवि के रूप में सम्मानित, बुन्देलखण्ड के कण्ठ-कण्ठ में विराजे कवि हैं। इन रूपान्तरणों के पीछे की कोशिश केवल अपने समय में कवि की पहचान ही नहीं है, उसकी पहचान की भी कोशिश है जो हाशिये पर सरक गया है या जबरन सरका दिया गया है। प्रेम एक ऐसी ही सच्चाई है—जब भक्ति या वीरता कविता के केन्द्र में रही तब भी और जब 'मुझसे पहली सी मुहब्बत मेरी महबूब न माँग' जैसी सामाजिक प्रतिबद्धता सिर्फ़ प्रेम को ही नहीं, कविता तक को आतंकित करती रही है, तब भी प्रेम केन्द्र के आसपास रहा है।

जीवन का अर्थ सिर्फ़ होने में नहीं, प्रेम में होने में ही रहा है। प्रेम करने की सामर्थ्य मानव जीवन में घटित होने वाली घटनाओं में न सिर्फ़ चमत्कारी घटना मानी गयी है वरन् जीवन को अर्थ और चरितार्थ करने की शक्ति भी इसी से मिली है। आसक्ति के लिए देह चाहिए। देहवादी होना गहरा प्रेम होना है कामी-लम्पट नहीं। रीतिकाल नारी को ऐसी ही प्रतिष्ठा देने के उपक्रम का युग है। इस युग में नारी की प्रजनन शक्ति को मातृत्व के पावन-पुनीत आदर्श में ही नहीं, उसकी रचने-बनाने की अपूर्व शक्ति के रूप में भी लक्षित किया। उसके कटाक्ष में अमृत और विष दोनों का पान किया, उसके उरोज सिर्फ़ पोषण की मशीन ही नहीं रहे—'समुद्र, कल्पवृक्ष, प्रकृति और सबके प्रिय भी बने।'

श्री अरविन्द ने कहीं लिखा है—कालिदास के समय भारतीय मनीषा आध्यात्मिक अनुभवों से बाहर आकर इन्द्रियों के विषयों की अधिकाधिक खोज कर रही थी।

मुक्ति का रास्ता विराग में नहीं राग में है, विदेह में नहीं, देह में है—देह के शृंगार में है। काव्य में देह की उपस्थिति से सामान्यीकृत भावना विशिष्ट हो जाती है, प्रकृति बहुवर्णी और आयामी होकर निरन्तर विस्तारित होती चली जाती है। इन रूपान्तरणों में यह सहज ही लक्ष्य किया जा सकता है कि एक विशिष्ट मूड या भावनात्मक रुख़ की कविताएँ भी इकहरे काव्य बिम्ब में स्खलित होकर नहीं रह गयी हैं...उनकी एक गहरी व्याप्ति है, दूर-दूर तक 'हांट' करने की शक्ति है।

हमारे समय में जो रति और शृंगार के मूल्य ग़ायब हो गये हैं, उन्हें भी कविता में जगह दी जाये, वास्तविक भाव-प्रसंगों की मौलिकता को थोड़ी-सी जगह मिले। सामाजिक सच्चाई के आतंकवाद के बावजूद जीवन अपने समय में अपनी लय और गति से चल सके। एक कोशिश देह को बाज़ार से बचाने की भी है, जहाँ देह को साबुन की टिकिया में रिड्यूस किया जा रहा है। भूमण्डलीकरण के चलते शब्दों के बुझते संसार को बचाने की भी एक हल्की-सी कोशिश है—'हल्की' किसी विनयवश नहीं, इसलिए कि लोकभाषा से खड़ी बोली में रूपान्तरण करते, मैंने यह कठिनाई अनेकों जगह महसूस की है। कहाँ बोली का विपुल शब्द भण्डार और कहाँ खड़ी बोली का और उसमें भी उसकी कविता का विपन्न संसार।

ईसुरी के पदों का चयन इन्हीं मन्तव्यों के आसपास किया गया है। ये रूपान्तरण शब्दानुवाद नहीं हैं। प्रेम की सँकरी गली में दो नहीं समाते—ऐसी उक्ति है। लेकिन हर उत्कट प्रेमी को आवाजाही की जगह वह देती है। इसी के बल पर बुन्देली के देह और प्रेम के लोककवि ईसुरी के साथ, प्रेम की जीवन में गुमी हुई जगहों को पहचानने की कोशिश की है।

रमेशदत्त दुबे

क्रम

ईसुरी की फागें

गोरी के बायें गाल का तिल
तिल के दाने से भी हल्का
मानो
चन्द्र पर जमी हो
एक बूँद यमुना के जल की
मानो
सफ़ेद गुलाब पर
बैठा हो भ्रमर
मानो
राधा के गौर कपोल पर
श्याम ही विराजे हों
मानो
प्रेमी की लगन की
दबी हुई ज्वाला की
एक चिनगारी
जा बैठी हो
गोरी के बायें कपोल पर

तिल की परन तिलन तें हलकी, बायें गाल पे झलकी
मानो चुई चाँद के ऊपर, बुन्द जमन के जल की
मानो फूल गुलाब के ऊपर, उड़ बैठन भई अल की

के गोविन्द गुराई देकें, बैठ गये कर छल की जी में लगी ईसुरी जी की, दिल की दाब अतल की।

शब्दार्थ :

तिलन तें = तिल के दाने से; जमन = यमुना' अल = अलि, भ्रमर; गुराई = गौरवर्ण; जी में = जिस से; जीकी = प्राणों की।

तुहिन कण के भार भर
महावर
तिल भर लहँगा
खस-खस के दाने भर अंगिया
राई के दाने भर चूनरी
जैसे बूँद-बूँद से भरता है समुद्र
कण-कण से सँवारा गया है
नायिका के सौन्दर्य को

पग में लागत महावर भारी, अत कोमल है पियारी
आद रती को लांगा पैरें, तिल की ओढ़ें सारी
खस-खस की इक अंगिया तन पे, आदी कोर किनारी
रती-रती के बीच ईसुरी, एक नायका ढारी।

शब्दार्थ :

अत = अति; आद = आधी; रती = रत्ती—वज़न का माप,
लांगा = लहँगा, पैरें = पहिने; रती-रती = कण-कण।

लाल मुनिया चातक और चकोर
पपीहा और मोर
ग्रीवा मोड़े शुक-सारिकाएँ
पीले-हरे अनेकों पक्षी
गोरी की अंगिया से उड़ते
बाँहों पर हैं फूल-लताएँ
गोरी का तन—
एक बागीची—
छाती से उड़ती हैं जिसकी—
दो कोयलियाँ—
घायल करतीं।

जी में लिखे पपीरा मोरें, ऐंसी अंगिया तोरें
मुकते लाल मुनैंया लिपड़े, चिरवा चारु चकोरे
पीरी-हरी मुनैयाँ चिपकीं, सुआ मुरक मुख मोरें
बूटा भरे भुजन पे भारी, बेलन बांदी कोरें
घायल करन कुइलिया ईसुर, दो छाती के दोरें।

शब्दार्थ :

जी में = जिसमें, पपीरा-मोर = पपीहा-मोर, मुकते = बहुत से, पीरी-हरी मुनैंये = पीली-हरी चिड़ियें, सुआ = तोता, मुरक = मोड़कर, बूटा भरे = सिलाई-कढ़ाई; कुइलिया = कोयल, दोरें = द्वार।

हरा, फीरोजी, कत्थई
सुरमई
पीला, किंशुकी और काला
सुनहला
मटियाला
और लाल
अनार के रंग
तोता के रंग
अनेक
अनेक
गोरी की उड़ती हुई चूनरी
इन्द्र धनुष में उसे बदलती

चूनर चारु चपेटा बारी, पेरें यार हमारी
कऊँ पिसतऊ, प्याजी, जंगाली, अगरई कऊँ अनारी
पीरी कऊँ, हरीरी, नुकरई, कुसमानी कऊँ कारी,
कऊँ सुनरइ, कऊँ सरदइ, सुन्दर, सुर्खी कऊँ सुनारी
कानों लेबें नाव ईसुरी, सबरे रंगन बारी।

शब्दार्थ :

चूनर = चुनरी; चपेटा = क्यूब; पेरें = पहिने; कऊँ = कहीं, तीन पंक्तियों में रंगों के नाम; कानों = कहाँ तक; लेबें = लें; नाव = नाम।

आने वाला ही है
बसन्त
उगती मेरी स्तन कलिकाएँ
कुसुमित होने ही वाली हैं
लताओं की तरह
उमगने वाली ही हैं
कलाइयाँ
ऐसे में
ओ प्रियतम
अंग-अंग बसन्त भरो
शैया सँवारो
विरहिन के मन को चैन दो

बागन भओ बसन्त अबइयाँ, न जा बिदेसे सैयां
पीरी लता, छता भई पीरी, पीरी लगत कलइयाँ
सूनी सेज, नींद नें आबे, विरहन गिने तरैयाँ
तलफत रहत रैन दिन सजनी, का है राम करइयाँ
ईसुर कयें सजा दो इनखाँ, परों तुमारे पैयाँ।

शब्दार्थ :

अबइयाँ = आने को हुआ; पीरी = पीली; छता = छाता; कलाइयाँ = कलाही; तरैयाँ = तारे; सजा दो = सुसज्जित करो; इन खाँ = इन को।

किसके लिए करूँ
भला मैं
बनाव-शृंगार
पिया हमारे
सन्ध्या होते
सो जाते हैं
तिसपर उनकी न्यारी शैया
धोखे से भी छू जायें
कुचाग्र यदि तो
थर-थर काँपें
इसमें कोई दोष न उनका
मेरा ही दुर्भाग्य
पिया हमारे हैं
अबोध-नादान

काजर काय पे दिइये कारे, बारे बलम हमारे
सांज भये ब्याही की बेरां, करें बिछौना न्यारे
जब छू जात अनी जोबन की, थर-थर कंपत बिचारे
का काऊ खों खोर ईसुरी, फूटे करम हमारे।

शब्दार्थ :

काजर = काजल; बारे बलम = अबोध पति; सांज = सन्ध्या; ब्यारी की बेरां = ब्यालू के समय; बिछोना = बिस्तर; अनी जोबन की = कुचाग्र; का काऊ खों खोर = किसे दोष दें।

सन्ध्या बेला
जाने को उद्यत प्रियतम से
चतुर नायिका
मनुहार करती है—
'मत जा, मत जा ओ परदेसी
थके हुए हो
सुना गया है
कल इस रस्ते
दो जन की भी हत्या हुई है।
ससुर हमारे
आज न घर पर
संग पिया के
घर से बाहर
चलो, भवन में
लाल पलंग बिछा देती हूँ
सुख से काटो रात
चले जाने—
भुनसारे।'

दिन बूड़ो, बिदेसी न जारे, रुप जाओ, थके हो तुम हारे
ससुर हमारे गये परदेसै, छाये बिदेस पिया पियारे
कर लिइयो आराम भवन में, लाल पलंग दे लटकारे
हमने सुनी ऐई गलियन में, गये बटोई दोई मारे
काटो सुख सें रैन ईसुरी, उठ जइयो भोर पारे।

शब्दार्थ :

बूड़ो = डूबा; रुप जाओ = रुक जाओ; लटकारे = बिछा दूँगी।

सारे अवरोधों को नकारता
भरपूर यौवन
मस्ती में
उतार फेंकता है
कंचुकी और ओढ़नी
घायल कर देता है कई को
अपने अग्रभाग को
विकसित करते उरोज द्वय
पूर्ण पुरुष के आगे
निरभिमान समर्पित होते

जुबना धरे ना बांदे राने, ज्वानी में गर्राने
मस्ती छाई इन दोउन पे, टोनन पे सर्राने
फेंके-फेंके फिरें ओढ़नी, अंगिया नईं समानें
मन्सेलू पा जायें जिदना, पकरत हा-हा खानें
जांगन में दब जानें जिदना, राम धरे लो जानें।

शब्दार्थ :

जुबना = यौवन; धरे न बांदे राने = बाँधकर नहीं रखे जा सकते; ज्वानी = जवानी; गर्राना = उन्मुक्त होना; टोनन = अग्रभाग; सर्राना = विकसित होना; मन्सेलू = मनुष्य; जिदना = जिस दिन; जांगन = जंघा।

नयनों के बाण से
और कटाक्ष की छुरी से
घायल
मन ही मन में पी जाता है दर्द
आश्वस्त है
अधिक नहीं तड़पना है
आज शाम तक नहीं तो
कल सवेरे तक
मरना है।

नैंन बान, पैनी छुरी, कढ़ गयी पंजर फोर
डरे कलारें खोर में, सांज मरें के भोर।

शब्दार्थ :

पंजर फोर = छाती फाड़कर; डरे कलारे = पड़े-पड़े कराहना; खोर = घाटी; सांज = सांझ।

अपने सारे काज भूलकर
रस्ता तकता
कब निकलेगी वह अलबेली
पानी भरने
ठुमक-ठुमक चलती
देखती तिरछी नज़रों
मेरे सारे छद्म परखती
वह मैं हूँ
या मेरा अभिनय

हम खां अलबेली के लाने, काम छोड़ कें जाने
हम तो रस्ता ताक रये हैं, कड़त चात हैं पाने
ठुमकी चाल, तिरछे नैना, असमंजस सी माने
ईसुर कयें तुमारे लाने, बांदे सबरे बाने।

यौवन नहीं है
मिसरी की डली
घुल जाये जो पानी में
समुद्र की हिलोर है—यौवन
एक बूँद जल से कुछ नहीं घटता है
समुद्र का
कल्पवृक्ष है—यौवन
प्रकृति की शोभा है
सबका प्रिय है यौवन

जोबन दये राम ने तोरें, सब कोऊ आवत दोरें
आयें नोईं खांड़ के घुल्ला, पियें नें लेत घोरें
का भव जात हाँत के फेरें, लेत नईं कछू टोरें
पंछी पियें घटी नईं जातीं, ईसुर समुद हिलोरें।

शब्दार्थ :

दोरे = दौड़े; आयें नोईं = नहीं हैं; खांड के घुल्ला = शक्कर के घोड़े; घोंरे = घोलकर; टोरें = तोड़ें; समुद = समुद्र।

देह की शोभा
कत्थई कुचाग्र
कठोर
रस से भरे
प्राण सबके हरते हैं
कौन कहाँ-कैसे बच पाये
अपने मद में
अंगिया को चीर देते हैं
चतुर नायिका
प्रियतम से अपना मुँह मोड़े
पति गृह जाने का छद्म दिखाती
ख़ूब सताती

छाती लगत जुबनवा नोनें, जिनकी कारी टोनें
फारन लगे अब सें फरिया, आंगू केंसी होने
सीक लली अन्याव अबे से, कान लगी चल गोने
बचे ईसुरी कानों रइयत, कइयक खों जिऊ खोने।

शब्दार्थ :

नोनें = अच्छे; कारी = काली; फारन लगे = फाड़ने लगे; आंगू = आगे; अबें से = अभी से; अन्याव = अन्याय; कान लगी = कहने लगी; कानों रइयत = कहाँ तक बचोगे; कइयक = अनेकों; जिऊ = प्राण।

प्रेम में ही होती है प्रेमिका
ज्यों राधा में श्याम
श्याम में राधा
मेरी तीन सौ साठ फागों में
उसका नाम
महज़ एक ख्याल है
उसका न कोई पता है
न ठिकाना
सभी जगह है
सब में है
लेकिन न्यारी
वह लौकिक है
मगर विदेही
कहें ईसुरी—
वह दृष्टि में नहीं
दृष्टि ही वह है।

नईयां रजऊ काऊ के घर में, बिरथां कोऊ नें भरमे
सब में हैं और सबसे न्यारी, सब ठोरन में मरमें
को कय अलख-खलक की बातें, लखी न जाये नज़र में
ईसुर गिरधर रयें राधा में, राधा रयें गिरधर में।

शब्दार्थ :

विरथा = बिरथां; ठोर = जगह; मरमें = रहना;
अलख-खलक = लौकिक-अलौकिक।

कली को फूल बनाने आतुर
कामीजन से
नवयौवना मनुहार करती है
रुको
साल भर रुको
फिर मज़ा लूटेंगे दोनों
अभी तो
रस भी भरा नहीं है
अभी तो छूते ही
रोम-रोम खड़ा हो जाता
अभी तो—
'नहिं पराग, नहिं मधुर मधु'
अभी तो—
....
प्राण ही निकल जायेंगे मेरे।
नहीं
अभी थोड़े और विकसित होने दो
अभी-अभी तो दिखना शुरू हुए हैं
अभी तो चना की दाल के बराबर हैं
अपनी पूरी उमंग की तरह
इन्हें बढ़ने दो
हे प्रिय
फिर होगा पूर्ण समर्पण
मेरा-तेरा।

जुबना अबे होन दो स्याने, आएँ तुमारे लाने
पर न हते कछू छाती में, आसों तनक दिखाने
तन-तन परे ददोरा आंगें, देवली कैंसे दाने
परबी संग पचे उस ईसुर, जब टोनें सर्राने।

शब्दार्थ :

स्याने = बड़े; परन हते = पिछले बरस नहीं थे; आसों = इस साल; ददोरा = मच्छर, चींटी के काटने जैसा बना निशान; देवली = चना दाल; टोन = अग्र भाग।

जो तुम होते एक अँगूठी
मेरी अँगुली में होते
मुँह अँगुली में होते
मुँह धोती, चुम्बन ले लेते
काजल देत, दिखाते
जब भी मैं घूँघट पलटती
तुम्हीं सामने होते
कहे ‘ईसुरी’ तब दर्शन को
यहाँ-वहाँ क्यों जाते

जो तुम छैल छला हो जाते, परे उँगरियन राते
मों पोंछत गालन सें लगते काजर देत दिखाते
घरी-घरी घूँघट खोलत में, नजर के सामूंराते
ईसुर दूर दरस के लाजें, काए खों तरसाते।

शब्दार्थ :

छैल = छैला; छला = अँगूठी; उँगरियन = अँगुली।

निहारो मुझे
भरपूर दृष्टि भर
मुझे मुख मण्डल नहीं
मन में चुभे हुए
यौवन को देखना है
अपने जीवन के आधार को
पाना है
अपने होश को बरकरार रखना है
ओंठ पर ओंठ रखे
प्रणयकेलि नहीं करना है।

छाती नोकदार है तोरी, जी में चित्त लगो री
एक बार हेरो चित्त देकें, कइयक बार कहो री
होय आधार तनक ऐ जी खों, लगी सुरत की डोरी
ओंठ-ओंठ पे लगें नें ईसुर, अधर राय सें जोरी।

शब्दार्थ :

जी में = जिसमें; हेरो = देखो; तनक = थोड़ा; जी खों = मन को; सुरत = स्मरण।

दीवानी को होश नहीं है
अपनी वय का
कुल कलंक का
केवल अपने सुख की खातिर
कन्धे से चूनर खिसकाती
यौवन दर्शाती
जाते हुए मुसाफ़िर को बाधा करती—
बिलमा लेती है
बिन ब्याहे ही मज़ा लूटती
अपना सुख पूरा करती है

न छेड़ री कामिनी, कढ़ जान दे बिचारे खों
गैल के चलैया खों, बीच न उतार ले
जा बारी सी उमर में, लंक में कलंक लगो
थारे से जीवन में, पूरब तो सुधार ले
जीवन दे जुआतन खों, जोबन न दिखारी
नेक चल बेला, तन कंधेला संभार ले
कात द्विज ईसुर, सुख सासरे खों राखिये
सबरो मजा-मान मायके में नें मार ले।

शब्दार्थ :

गैल का चलैया = राहगीर; बारी सी = छोटी सी;
कन्धेला = कन्धे का वस्त्र; सासरे = ससुराल।

अतिथि यदि मानो तो
मन दो सत्कार में
भिक्षुक यदि
दर्शन की भीख दो
यूँ ही मत टरकाओ
परम्परा अपनाओ
दस द्वारी भिक्षुक को
चुम्बन का दान दो।

चूमा माँग लेत गैलारो, यों हम खों ने टारो
आदर भाव जेई सब जानत, मन रे जात हमारो
चार जनों के बीच बैठकें, का जस गायें तुमारो
ईसुर माँगन आये दोरें, दरस दच्छना डारो।

शब्दार्थ :

चूमा = चुम्बन; गैलारो = राहगीर; टारो = टालो; दरस दच्छाना = दर्शन की भीख।

हर आहट पर
उठ-उठ भागी
शैया त्यागी
कई बार भीतर से बाहर
दृष्टि जहाँ तक जा सकती थी
उसको ताका
अर्ध रात्रि तक
व्याकुल रही पपीहा जैसी
पर न लौटा वह निर्मोही
तड़प-तड़प सो गयी अकेली
जैसे तीतुर बिना बटेरी

मारग आदी रात लों हेरी, छैल बेदरदी तेरी
बेकल रई पपीहा जैंसी, कहाँ लगाई देरी
भीतर सों बाहर लों आयी, दै-दै आयी फेरी
उठ-उठ भगी सेज सूनी सें, लगी आँख नें मेरी
तड़प-तड़प सो गयी ईसुरी, तीतुर बिना बटेरी।

जिसकी एक झलक को तरसूँ
वही नहीं है
यूँ तो बस्ती बहुत बड़ी है
मिल जाते हैं लोग हज़ारों
साँझ-सबेरे
गली-गली में चर्चा करते
उन आँखों की
जिनको देखे बिना
अँधेरा छा जाता है
हाय विधाता
वही न दिखता

बसती बसत लोग बहुतेरे, कौन काम के मोरे
बैठे रेत हजारन कोदी, कबऊँ नें जदृग हेरे
गैल चलत गैलारे चर्चे, सब दिन साँझ-सबेरे
हाय दई उन दो आँखों बिन, सब जग लगत अँधेरे
ईसुर फिर तक लेते उन खों, वे दिन बिध ने फेरे।

शब्दार्थ :

हाय दई = हे भगवान; तक लेना = देख लेना; बिध = विधि।

शुभ्र ज्योत्स्ना बिखर रही
घूँघट के भीतर
रंग-बिरंगी
गोरी—
तेरे माथे की बिन्दी
मन को हरती
जैसे डसता सर्प
प्राण मेरे लेती है।

बूँदा मन को हरन तुमारो, जी लयें लेत हमारो
बनो रात घूँघट कें भीतर, करें रात उजयारो
अच्छे रंग धरे कारीगर, लाल हरीरो कारो
ईसुर ऐंसें डसें लेत है, जैंसें नाग लफारो।

शब्दार्थ :

बूँदा = बिन्दी; मन को हरन = मन हरण करने वाला।

वाणी में रस घोलिये, वाणी रस की खान।
छोटी उमर, वाणी बड़ी, दोनों की पहचान।
वाणी ऐसी बोलिये, जो बैकुण्ठ दिखाय।
ऐसी तो हरगिज़ नहीं, जो कि नरक ले जाय।
वाणी हाथी पाइये, वाणी हाथी पाँव
वाणी तें सम्मान तो, तरत डुबाये नाव।
वाणी के बल पे गये स्वर्ग लोग महान्
वाणी ही उनकी बनी, एकमात्र पहचान।

सबसें बोलो मीठी बानी, थोरी है ज़िन्दगानी
जेई बानी सुरलोक पठावे, जेई नरक निसानी
जेई बानी हाथी चड़वावे, जेई उतारे पानी
जेई बानी तरें ईसुर बड़े-बड़े मुनि-ग्यानी।

यह तेरी आँखों का काजल
कण्ठहार यह
छड़लड़ का यह हार गले का
कर्णफूल ये—
नथनी
गोरी तेरे रूप भवन में
किरायेदार हैं
मुझ अदने को
रूपभवन का एक ज़रा-सा कोना दे दो
कम किराये का

नैना देकें काजर कारो, रजउ ने हम खों मारो
कंठा डरो, बिचौली छुटिया, छुट छह लरवारो
कानन कन्नफूल सांकरया, दुर है झूलन वारो
ईसुर हम सें साँसी के दो, का लेती हो भारो।

शब्दार्थ :

दूसरी-तीसरी लाइन = आभूषण; सांसी = सच; भारो = भाड़ा।

ओ निर्मोही भूल न जाना
दिन-दिन प्रीत बढ़ाना
जैसे पानी मिले दूध में
ऐसा प्रेम निभाना
तन दो हों लेकिन प्रियतम
मन तो एक बनाना
बाँह गहे को भूल न जाना
वादा सदा निभाना

करकें नेह टोर जिन दिइयो, दिन-दिन और बड़इयो
जैंसे मिले दूद में पानी, ऐंसई मनें मिलइयो
हमरो और तुमरो जो जिऊ, एकई जानें रइयो
कहत ईसुरी बाँह गहे की, खबर बिसर जिन जइयो।

खुले आम प्रेम करो
डंका बजा के प्रीत करो
प्रेम छिपता नहीं है छिपाने से
खुले आम करो
अपनी थोड़ी-सी उमर में
ख़ूब-ख़ूब प्रेम करो
शरीर का धर्म ही है प्रेम
प्रेम करो

कर लो प्रीत खुलासा गोरी, जा मंसा है मोरी
ऐसी कर लो ठोक तारिया, फिर नें टूटे टोरी
देह धरे को मजा उड़ालो, जा उम्मर है थोरी
कात ईसुरी होत है नईयां, ऊँट की न्योरें चोरी।

वह
नदी में डूबकर नहाती है
शनैः शनैः
सूर्योदय होता है घाट पर

जल से उभरते मुख से
फूटती है एक पीली किरण
दाँतों के मंजन से
धुँधलके में नहा उठता है घाट
माँग में भरती है सिन्दूर
अरुणिमा फैल जाती है घाट पर
दिगम्बर देह से
सूर्योदय होता है

दिगम्बर देह के वैभव को समेटे
विश्रान्ति पाता है घाट।

होते कर्ण फूल की सांकल
संग जगते-संग सोते
चलते-फिरते, बैठते-उठते
प्रिय नज़रों में होते
कभी उलझते उनकी अलकों
कभी गाल पर सोते
अंग-अंग जगमग कर देते
सब शृंगार बनाते।
लटके कर्णफूल से अमोल मोती
रोते हैं
होते कर्ण फूल की सांकल।

सांकर कन्न फूल की होते, इन मुतियन के कोते
बैठते, उठत, निंगत, न्योरत में, परें गाल पे सोते
राते लगे माँग के नेंचे, अंग-अंग सब मोते
ईसुर इनखों देखे-देख कें, सबरे जेबर जीते।

शब्दार्थ :

मुतियन = मोती; निंगत = चलते; न्योरत = झुके हुए; राते = रहते; नेंचे = नीचे; जेबर = आभूषण।

मन्मथ से आक्रान्त हुई
शैया पर सोती
कहती अपने मन ही मन में
किसको सौंपूँ
अनमोल रतन ये
किन मुट्ठी में रहें सुरक्षित
छूते ही इतनी पीड़ा है
देना,
कैसे सह पाऊँगी

जुबना कोन यार खों दिइये, अपने मन में कइये
हैं बड़ गोल, गोल गुरदा से, कालों इनें रखइये
जब सर्रात सेज के ऊपर, पकर मुठी में रइये
हाँत धरे दुःख होत ईसुरी, पीरा कैंसे सइये।

शब्दार्थ :

कांलों = कहाँ तक; रखइये = रखवाली करूँ; मुठी = मुट्ठी; पीरा = पीड़ा।

वह मेरी हर आहट लेना
वह उठ-उठ दरवाज़े आना
अर्ध रात्रि में
गले लिपटना
बिसरा बैठी
मिल जाये यदि बीच सड़क पर
मुझको अनचीन्हा-सा करती
कहे 'ईसुरी' ऐसे जैसे
मरे पशु के कीड़े उसे छोड़ देते हैं
मानिनी में ऐसा परिर्वतन—
किसके कारण

बेरन बदली कोन धरें, की के कान भरे सें
सुनबू करी हमारी ऐसी, उठबूँ करी परे सें
आदी रेन पलंग के ऊपर, लगबूँ करी गरे सें
अब जो मिलती गली खोर में, बरकी रतीं अरे सें
ईसुर हमखों ऐंसे छोड़ो, किल्ली ढोर मरे सें।

शब्दार्थ :

बेरन = बेरी-शत्रु; बदली = परिवर्तन; की के = किसके;
सुनबू करी = सुनती थी; ऐसी = आहट; बरकी रेत = हट जाती है।

लज्जारुण मुख
मदालस चाल
और ये जुम्हाइयाँ
झुके नैंन
बिखरी अलकें
और ये तनहाइयाँ
ब्याज
बहाने
और सब चतुराइयाँ
सारा भेद खोल जाते हैं
प्रणय-केलि का

पियारी काय कारत चतराई, देओ निस दसा बताई
कां गई पीक ओंठन की, छाई मुख अरनाई
झूम-झुकत जुमआत भोर भये, गयी मुख कहाँ निकाई
ईसुर कओ रतिरंग की शोभा, कैंसें दुरत दुराई।

शब्दार्थ :

निस दसा = रात्रि की दशा।

मन मन्दिर में मुझे बिठाया
ख़ुद सफ़ाई की
तरह-तरह के व्यंजन परसे
पान खिलाया
शैया भी दी
दीं सारी सुविधाएँ
जाता हूँ अब
अलस्सबेरे
माननि—उठो
मदालस त्यागो
किबार लगा लो—
भीतर से

तुमने राखे मान हमारे, होवें भले तुमारे
डेरा दे दब निज मन्दर में, अपने हांतन झारे
दूद-भात के भोजन परसे, सुक की सेजन पारे
लगा दईं पानन की बिरियां, सब बातन के उआरे
बड़े भोर उठ चले ईसुरी, तक लो अपने दुआरे।

शब्दार्थ :

मान राखे = इज़्ज़त दी; डेरा दब = ठहराना; हांतन = हाथ; सुक = सुख; सेजन = शैया; पानन की बिरियाँ = पान के बीड़ा; उभारे = आराम; दुआरे = द्वार।

वज्र से कठोर ये दिन
सहते उत्ताप सूर्य का
विरहणी के दुःख को दूना करते हैं
जितनी लम्बी होती दुपहर
उतनी ही लम्बी प्रतीक्षा
लू-लपट के डर से दुबके
शीतल कक्षों में—
प्रेमीजन हैं मज़ा लूटते
मैं ही एक अभागिन
तकती सूर्य पश्चिम में
शायद,
शायद आन मिलें वे
सन्ध्या बेला

जे दिन कटत बेन बज्जुर से, अबे दुपर ने मुरके
पूरब में सूरज नारायण, पच्छिम खों ने ढरके
काटें कटत, बटत न बाँटें, बिना लगनियाँ उरके
अपने-अपने घरन मज़ा में, लोग-लुगाई पुरके
जान जियावन आन मिले हैं, कबै यार ईसुर के।

शब्दार्थ :

दुपर = दुपहर; बज्जुर = वज्र; ढुरके = अस्त हुए; जान जियावन = प्राणाधार।

मन्मथ से आक्रान्त हुई वह
भूल गयी सब स्वाद देह के
जीभ न जाने
मधुर-तिक्त को
बुद्धि न जाने
काज-अकाज
देह न जाने
ठाँव-कुठाँव
ठोकर खाती फिरे
हँसी उड़वाये
अपने हाथों
काटे अपने पैर
लजाये काया को

जिदना तुमसें कीनी यारी, गयी मत भूल हमारी
भए बदनाम, अलाज कहाये, ग्यान बिगार अनारी
मों गओ लोट, जान के खा, खांड के धोकें खारी
पींठ के पाछें हाँत बजाकें, हँसी करत सिंसारी
ईसुर हमने अपने हाँतन, पाँव कुलरिया मारी।

शब्दार्थ :

जिदना = जिस दिन से; अलाज = लज्जाहीन; मों = मुँह; खांड = शक्कर; कुलरिया = कुल्हाड़ी।

कुसमित हुआ बगीचा
छाई हरियाई
बूँदों से बिंध गयी अँगनाई
वातायन से
सारी स्मृतियों को लादे
आयी पुरवाई
मदन भूप का दलबल लेकर
बरखा आयी
उस निर्दय की यादें लेकर
मुझे बचाओ—
उन यादों से

हम पे बेरन बरखा आई, हमें बचा लो भाई
चड़ कें अटा घटानें देखें, पट गयी अँगनाई
बारादारी, दुआरिन में हो, पवन नें जाने पाई
जे द्रुम कटा छटा फुलबगियाँ, हटा देओ हरयाई
प्रिय जस गाय सुनाओ नें ईसुर, जो जिऊ चाओ भलाई।

शब्दार्थ :

चड़के अटा = छत पर चढ़कर; अँगनाई = आँगन।

न सही
दीवाल में कोई गवाक्ष या द्वार
बस होती एक छोटी-सी दरार
होते दो पंख
उड़कर पहुँचता शयन कक्ष में
साथ सोता
साथ जागता
लूटता मज़े जीवन में

पंछी भये नें पंखन बारे, इतनी जांगा हारे
सांसन में हो कड़-कड़ जाते, चाते नईं दुआरे
सब-सब रातन मजा लूटते, परते नईं नियारे
ईसुर उड़कें मिलो मित्र सें, जाँ होंय यार हमारे।

शब्दार्थ :

जांगा = जगह; **सांसन** = दरार; **कड़ जाते** = निकल जाते; **चाते** = चाहते; **नियारे** = अलग।

जिसकी नयन प्रतीक्षा करते
उत्सुक रहते
कर्ण सदा आहट लेने को
घर के सारे काज भूलकर
टिकी द्वार पर
जिनको नित तकती रहती हूँ
नहीं जानती
वे हैं यहीं
इसी बस्ती में
या बस्ती से बाहर
किससे पूछूँ
लाज गवाऊँ
कई दिनों से
आते-जाते नहीं दिखे हैं
जिनसे मैं संजीवन पाती

बे पिऊ कड़े नें केऊ दिनन सें, प्रान जियत हैं जिनसें
नैना तकत रहत गलियारे, कान लगे ऐरन सें
भीतर काम दंद नें ओरे, टिकी रात कौरन सें
हैं के कोनऊ गये गाँव खों, खबर पूंछिये किनसें
ईसुर कबे नाव सुन लगबी, उन कोमल चरनन सें।

शब्दार्थ :

कड़े नें = निकले नहीं; दिनन = दिन; ऐरन = आहट; ओरे = सूझे।

क्यों बनाये दो शरीर
अलग-अलग
जब बनाया मन एक
क्यों दी उड़ने की चाह
जब दिये नहीं पंख
क्यों बनाया निस्सीम गगन
जब बनाया था पिंजड़ा
क्यों रचा उसे
जब रखना था दूर
दूर
दूर
हे ईश्वर—क्यों?

बिधना दए नें पंख हमें, उड़कें मिलते मित्र तुमें
परबस परे, कछू बस नईंयां ज्यों पंछी पिंजरा भुमै
चोला न्यारो दओ राम नें, अंतस जी में एक दयें
कात ईसुरी सुनलो पियारी, दरसन हुइयें कोन समें।

यह घर
मिट्टी की कच्ची दीवारें
छप्पर घास-फूस का
न कोई आकार न प्रकार
तिस पर दस-दस द्वार
न चौखट, न किबाड़
न चाबी, न ताला
ऐसा है यह तन
एक किराये का मकान
जब भी कहोगे
इस सड़े मकान से
कैसा मोह
छोड़कर चल दूँगा

बखरी रैयत हैं भारे की, दई पिया पियारे की
कच्ची भींट उठीं माटी की, छाई पूस चारे की
बे बन्देज, बड़ी बे बांड़ां, तऊपे दस दुआरे की
किबार-किबरियें एकऊ नईंयां, बिना कुची-तारे की
ईसुर चाये निकारो जिदना, हमें कोन उआरे की।

शब्दार्थ :

बखरी = मकान; रैयत = निवास; भारे = भाड़े; भींट = दीवाल; बे बन्देज = अनियमित; किबार = किबाड़; कुची = चाबी।

इस काया का कौन भरोसा
यह काया ओस का कण है
हवा लगे ढुलकेगी
यह काया है पत्र गाछ की
हवा लगे—विलगेगी
यह काया जब भस्म होयगी
फिरन काम आयेगी
जितना लिखा भाग्य में जिसके
उतना ही जाना है
कोई नहीं सहायक होगा
इक दिन तो मरना है
इसीलिए इस जग में आकर
बुरा नहीं करना है।

तन को कोन भरोसो करने, आखर इक दिन मरनें
जो संसार ओस की बूंदा, पवन लगे सें ढरनें
जो लोजी की जियन जोरिया, जी खाँ जे दिन मरने
ईसुर ई संसार में आकें, बुरय काम खों डरने।

अपने अरण्य से भटककर
विपत्ति का मारा हंस
उड़ रहा है
अपने सागर को त्याग कर
ताल-पोखर पर बैठता
मोती चुगने के दिनों को विस्मृत कर
कंकड़-पत्थर चुगता
निरन्तर उड़ रहा है
अपने कुटुम्ब को खोजता
अपने अरण्य की खोज में

हंसा फिरें बिपत के मारे, अपने देश बिना रे
अब का बेठें ताल-तलैयें, छोड़े समुद किनारे
चुन-चुन मोती उगले जिननें, ककरा चुनत बिचारे
ईसुर कात कुटुम अपने सें, मिलबी कोन दिना रे।

शब्दार्थ :

बिपत = विपत्ति; ककरा = कंकड़; ईसुर कात = ईसुरी कहते हैं; कुटुम = कुटुम्ब।

जिस दिन उड़ जायेगा तोता
पिंजड़ा रह जायेगा रीता
भाई, न कोई बन्धु होगा
सबको छोड़ उड़ेगा तोता
इस पिंजड़े के दस दरवाज़े
जाने कब उड़ जाये तोता
आसमान में वही रटेगा
जो कुछ तुमसे सीखा तोता

जिदना मन पंछी उड़ जाने, डरो पींजरा राने
भाई ने जेहें, बन्द नें जेहें, हंस अकेलो जाने
ई तन भीतर दस दरवाजे, की होकें कढ़ जाने
के बे खों हो जेहे ईसुर, ऐंसे हते फलाने।

शब्दार्थ :

डरो = पड़ा रहेगा; कढ़ जाना = निकल जाना; केबे खों = कहने को; फलाने = अमुक।

काल,
ताकता रहता है सभी को
जाने कहाँ, कब मार दे झपट्टा
एक झपट्टे में
खूँटी पर टँगा स्वर्ण हार निगलकर
राजा नल को चोर बनाये
एक झपट्टे में कंस को पछाड़ दे
धनुर्धारी अर्जुन के पौरुष को
पी जाये एक झपट्टे में
एक झपट्टे में सोने की लंका को
ख़ाक करे।

प्रिय के बोल गिरे कानों में
समझ गयी मैं
मुझे इशारा
दौड़ी-दौड़ी पहुँची जब तक
बिला गये वे
कहीं भीड़ में पड़ोस की
जिसकी एक झलक को तरसूँ
वही नहीं है
अनचाहे लोगों से दुनिया पटी हुई है।

चले गये तनक चितै नहीं पाये, बे मोयलेन खों आये
उन बोली को दओ इसारो, सुन भीतर सें धाये
जबरइ लोग पुरा पाले के, परत बीच में काये
चाए मिलत हैं थोरे ईसुर, भौत मिलत अनचाए।

शब्दार्थ :

चितै = देखना; मोय लेन खों = मुझे लेने के लिए; जबरई = जबरन; पुरापाला = पड़ोस; चाए = इच्छित; थोरे = थोड़े; भोत = बहुत।

लोकोक्ति और कहावत

उक्ति, लोकोक्ति या कहावत—वाक्य, वाक्यांश या ऐसा शब्द-समूह है जहाँ जीवनानुभव का सागर, शब्दों की गागर में समाया होता है। भर्तृहरि के अनुसार अर्थ का निवास शब्द में नहीं, बल्कि सम्पूर्ण वाक्य में होता है। लोकोक्ति अपने में समाये शब्दों के अर्थ को निश्चित ही नहीं करती वरन् उसे विस्तारित करके उसके भूगोल और इतिहास को उजागर और चरितार्थ भी करती है।

उक्ति :

उक्ति का अर्थ किसी नामचीन व्यक्ति के कथन से है। 'कर्मण्येवाधिकारस्ते माफलेषु कदाचन'—यह गीता की उक्ति है। उक्तियाँ मनुष्य का पथप्रदर्शन करती हैं, जीवन-मूल्यों को सम्बल देती हैं। ज़रूरी नहीं कि उनमें भाषा की गहरी रचनात्मकता हो ही—कभी-कभी वे शुद्ध नारा ही होती हैं, लेकिन उनके पीछे खड़ा व्यक्तित्व, वह मुँह जिससे वे निसृत हुई हैं, उन्हें अर्थवत्ता देता है—जैसे 'करो या मरो'—महात्मा गाँधी की उक्ति है। इसमें भाषा की कोई सृजनशीलता नहीं है लेकिन इस उक्ति ने भारत में इन्कलाब ला दिया था तो उसका कारण, उसके पीछे खड़े अहिंसा के पैगम्बर महात्मा गाँधी थे।

लोकोक्ति :

लोकोक्ति बड़े बाप की बेटी या बेटा नहीं होती। उसे अपनी शब्द-शक्ति के सहारे ही सारा सफ़र तय करना होता है। एक बुन्देली लोकोक्ति के सहारे कहूँ तो—'नाम बड़े और दर्शन थोड़े, हंड़िया चढ़ा नोंन खों दोड़े'—चूल्हे पर हण्डी चढ़ाकर वह नमक के लिए कहीं और दौड़ ही नहीं सकती अब चाहे नमक कम हो या ज़्यादा, उसके पास तो कुल नमक उतना ही है जितना उसके शब्दों में है। हाँ, शब्द-ग्रहण में उसकी यह कोशिश ज़रूर होती है—

> 'साधो सबद संकलन कीजे
> जासु शब्द तें प्रकट भये सब
> शब्द-शब्द गहि लीजे'

लोकोक्ति जैसा कि नाम से स्पष्ट है—लोक की उक्ति है। लोक साहित्य की तरह यह तो विशुद्धतः वाचिक परम्परा की चीज़ है। यह अनाम भी होती है। लोकोक्ति की एक परिभाषा दी गयी है—A proverb is a saying without any author. यह ठीक है कि कोई भी उक्ति अन्ततः किसी एक व्यक्ति के मुख से ही तो निसृत हुई होगी लेकिन अन्ततः वह लोक द्वारा व्यक्ति और समाज के अद्वैत के अर्थ में लम्बे समय तक रची जाती है और अन्त में लोक की स्थायी स्मृति बन जाती है। लोकोक्तियों में उसके अपने अंचल के प्रतीक पुरुष 'मिथ' बनकर अगर उनके पीछे खड़े मिलते हैं तो वे किसी साक्ष्य या हवाले की तरह काम नहीं करते, उस लोकोक्ति में प्राणवत्ता, सादगी, ताज़गी और काव्य-दृष्टि की सृष्टि करके उसे एक रचना ही बनाते हैं। लोकोक्तियाँ, लोककथाओं और लोक गीतों के समान लोक की रचनाएँ ही हैं, ऐसी लोकोक्तियों में मिथ कथा के शिल्प की तरह प्रतिष्ठित होती है। विद्यानिवासजी मिश्र ने अपने एक निबन्ध—'भारतीय लोक साहित्य की पहचान' में शिल्प विधान को लोक साहित्य की असली पहचान माना है। उन्होंने लिखा है यह शिल्प विधान अभिव्यक्त को अभिव्यंज से जोड़ने का महत्त्वपूर्ण कार्य करता है। इतिहास जहाँ बीते समय का चेष्टापूर्वक यथातथ वर्णन है, वहीं मिथक, इतिहास और इतिहास से परे हमारे समय में झाँकने की खिड़की है। बुन्देली वाचिक परम्परा की सार्थकता, मिथकीय परम्परा के चलते ही है और जीवन्त है। मिथक, देशकाल की भौतिकता में नहीं, मानव-संवेदन में रचे-बसे होते हैं। लोकोक्तियों में चरित्र या देशकाल के विस्तार को सघन किया गया है जिससे अनेक अर्थ, संकेत व्यंजनाएँ निर्मित होती हैं और एक काव्य बिम्ब की रचना करती हैं। अलंकार शास्त्र के आचार्यों में कुन्तक की मान्यता है कि 'अगर वह चीज़ कविता है, कवि जिसकी रचना करता है, तो वह सीधे-सपाट वर्णन और अभिव्यक्ति में वक्रोक्ति का समावेश कर उसे काव्यात्मक बना देता है।' इसमें वक्रोक्ति की जगह लोकोक्ति कर दिया जाये तो यह लोकोक्ति की सौन्दर्य-शास्त्र की दृष्टि से सटीक परिभाषा होगी।

शास्त्रकार की अपनी मजबूरी होती है परिभाषा गढ़ना, सागर को गागर में भरने की कोशिश, जबकि लोक तो अपनी एक गागर से सागर को भी भर देता है और एक गागर में पूरे सागर को भी समेट लेता है। आख़िर यह लोकोक्ति ही तो है—'गुर हो तो, गुलगुला बनऊते, ल्याते कनक उधार, अकेलो तेलई नईं यां' सारे अभावों को भाव में बदलता, एक नगण्य से अभाव को शब्द शक्ति की ओट में छुपाता हुआ, उसे जीवन के, जीने के सरोकारों से जोड़ देता है।

लोकोक्तियों और कहावतों के ख्यात कोशकार आचार्य श्री भोलानाथ जी तिवारी लोकोक्ति की परिभाषा देते हुए कहते हैं—

'विभिन्न प्रकार के अनुभवों, पौराणिक तथा ऐतिहासिक व्यक्तियों एवं कथाओं, प्राकृतिक नियमों और लोक विश्वासों आदि पर आधारित चुटीली, सारगर्भित, सजीव, संक्षिप्त लोक प्रचलित ऐसी उक्तियों को लोकोक्ति कहते हैं जिनका प्रयोग बात की पुष्टि या विरोध, सीख तथा भविष्य कथन आदि के लिए होता है।'

ग़नीमत है कि यह परिभाषा संक्षिप्त नहीं है, वस्तुतः लोक-साहित्य के किसी भी अंग की परिभाषा गढ़ना सम्भव भी नहीं है। कुछेक लक्षणों के आधार पर उसकी घेराबन्दी ही की जा सकती है। जैसे वह अनाम होता है, प्रकृति और समय से उसका गहरा तादात्म्य होता है, बोली, मिथकों के आधार पर उसकी गहरी पहचान बनती है। उसके शिल्प में आदिम गन्ध रची-बसी होती है जिसे सुनकर तुरन्त पता चल जाता है—'रामघई जाई आये।' जैसे कोई ग़लत छन्द पढ़ता है तो जानकार के कान उसे बता देते हैं।

लोकोक्तियों के पौराणिक या ऐतिहासिक चरित्र उसके अपने मिथक हैं जैसे राजा भोज मरम में भूले, घर-घर के मटयारे चूले—इसमें राजा भोज उज्जयनी के इतिहास-सम्मत राजा भोज नहीं हैं—एक मिथक है जो सत्ता और जन के बीच की दूरी को रेखांकित करता है, इसी तरह भूगोल में स्थित स्थानों के नाम विशेष—आंय-बांय-सांय हैं। लोक की शक्ति उसकी गहरी रचनाशीलता में होती है इसलिए वहाँ सब कुछ उसके द्वारा ही रचा-बनाया जाता है—रचना की भी पुनःरचना होती है। लोक का शब्द संसार उसकी अपनी रचना है, उसने उन्हें गढ़ा है। संस्कृत के अनेक अपभ्रंश उसके गँवारूपन या अपरिष्कृत जिह्वा के परिणाम नहीं हैं, वरन् उसकी परिष्कृत रचनाशीलता में हैं। हिन्दी में धना के फल और उसकी पत्तियों का एक ही नाम है—धना या धनिया। संस्कृत में उसके फल को .... से बची रही। एक संस्कृत शब्द है कंथा इसे बुन्देली में कथरी कहा जाता है जो हिन्दी शब्द गुदड़ी की अपेक्षा ज़्यादा निकट है। ऐसे ही कुछ और शब्द—

संस्कृत	—	बुन्देली
लौलग्निक	—	लौलैंयां
उपशाला	—	उसारो

अनिष्ठापाय	—	ओटपाय
कोटपाल	—	कुटवार
तुत्था	—	थूथा
कलम्बु	—	कलमा की भाजी

विश्वविद्यालय छात्र-संघ पत्रिका में मैंने सागर विश्वविद्यालय के हिन्दी के आचार्य राजनाथ पाण्डेय का एक निबन्ध छापा था उस निबन्ध में उन्होंने 'इन्द्राश' —(चावल सड़ाकर उसके चूरे से बनाई गयी एक मिठाई) शब्द की व्याख्या की है—

'एक देहाती मिठाई जो भोजपुरी ज़िलों में, 'अन्दरसा' कहलाती है'। संक्षिप्त हिन्दी-शब्द-सागर (पृष्ठ 12) के विद्वान सम्पादक लिखते हैं—
अन्दरसा : संज्ञा पु. (फ़ारसी अन्दर+संस्कृत रस) एक प्रकार की मिठाई
बुन्देलखण्ड में यह मिठाई—इन्दसा कहलाती है। स्पष्ट है कि अन्दरसा की अपेक्षा इन्द-सा—इन्द्राश के ज़्यादा निकट है।

सिर्फ़ संस्कृत के अपभ्रंश ही नहीं अँग्रेज़ी के अनेक शब्दों को उसने अपनी संस्कृति-सभ्यता के अनुरूप रचा-बनाया है, बिजली का 'स्विच' अपनी 'खट' की ध्वनि के कारण 'खटका' है तो मोटर साइकिल अपनी फट-फट आवाज़ के कारण 'फटफट'। मोटर ट्रक को बुन्देली में ठेला कहा जाता है—सम्भवतः जबरन ठूँस-ठूँसकर सामान भरे जाने के कारण। हवाई जहाज़, चील जैसी दिखायी देने के कारण चील गाड़ी है।

लोक की गहरी रचनात्मक आसक्ति ने उसे हर चीज़ का नाम देने को अभिप्रेरित किया है। बुन्देली में ऐसे सैकड़ों शब्द मिलेंगे जिनका हिन्दी या अँग्रेज़ी पर्यायवाची नहीं है। मैंने एक राजस्थानी शब्द कोश देखा था, उसमें चौखट के आसपास इतने शब्द बिखरे थे जैसे हरसिंगार झर गया हो। बुन्देली में लँकड़ी के लिए, उसके प्रकार और उपयोग को लेकर क़रीब पचास शब्द तो मेरे पास हैं।

बुन्देली में 'बेसरम' की झाड़ी को 'दुलेन' (दुल्हिन) कहा जाता है। यह खेत के चारों ओर, जानवरों से फसल की रक्षा के लिए लगायी जाती है। इसे चाहे जहाँ रोप दो, खाद-पानी न मिले तो भी हरियायेगी जैसे दूसरे परिवार-गाँव से आयी हुई बहू, ससुराल के तमाम अभावों के बावजूद अपनी जड़ें जमा लेती है—परिवार की रक्षा करती है। धूप में आकाश से गिरती बूँदों के लिए—'कैसो

चमकतार बरसरओ' सुनकर तो ख्याल संस्कृति और शब्दकर्मी अशोक वाजपेयी नाच उठे थे।

लार्ड रसेल ने लोकोक्ति की परिभाषा देते हुए लिखा है— 'A proverb is the wit of one and wisdom of many.'

अब लोकोक्ति wisdom न भी बने तो उसकी **wit** ही उसकी **wisdom** है। क्योंकि इसी के बलबूते ही तो वह अपने तमाम अभावों-अकालों को धकियाकर, आनन्द, उत्साह और मेलों का संसार रच पाता है। घर में अन्न का दाना भी न होने पर, अम्मा अपना नवान्न का त्योहार देखने-मनाने निकल पड़ती है। 'विट' की अभिव्यंजना, मारक और दूरगामी शक्ति होती है। यही वह शक्ति है जो रचनाकार को शब्दों के संसार में एक शास्त्रकार की तरह नहीं, खिलाड़ी की तरह प्रवेश कराती है। इससे शब्दों में निहित रस, अलंकार और उसकी अर्थ-छटाएँ अनेक कोणों से अभिव्यंजित होती हैं।

बुन्देली में लोकोक्ति को 'अहाने' कहते हैं।

कहावत :

कहावत का ठीक और सटीक अर्थ है—कथा + वत्
ऐसी उक्ति जो एक लघुकथा की तरह हो जैसे—

'इक तो बड़ों-बड़ों में नांव, दूसर बीच गैल में गाँव
ओपे भये पैसों से हीन, ददूछा हमपे विपदा तीन'

ऐसी लोकोक्तियाँ जिनके पीछे कोई कथा नत्थी हो—एक 'एक्सपिलेनेटरी नोट' की तरह कहावत कहलाती है, जैसे—
दो व्यक्ति बातचीत कर रहे हैं—
—ऐसा है कि अभी हम सच-सच कह देंगे सो 'सांसी कयें मौसी को काजर'
—'कैंसी-कैंसी'
—'ऐंसी कि एक मौसी हतीं...

बुन्देली में कहनात का अर्थ—'उदाहरण-स्वरूप' है—'कहनात की आय—उदाहरण स्वरूप ऐसा है कि...'

कहनात जहाँ एक ओर कथा-सूत्रों को संकेतित करती है, वहीं कहने की भंगिमा

से भी उसका अर्थ है जैसे—'सत्तू, मनमत्तू, जब धोरो तब खाओ, धान बिचारी कूटी-खाई।'

इसका अर्थ कहने के विशेष अन्दाज़ में ही खुलता है—'सत्तूऽ, मन मत्तूऽऽ, जब धोरोऽऽ तब खाओऽऽऽ। धान बिचारी कूटी खायी।'

अधिकांश कहनातों में गद्य की अपेक्षा पद्य की रचना अधिक है। वे दोहे, सवैये जैसे छन्द में नहीं होतीं, उसके गद्य के वाक्यों में भी पद्य की लय मिलती है। इसका एक कारण तो यही है कि पहले सब कुछ पद्य में ही था और दूसरा कारण यह कि इस लय के कारण ही वे लोक की स्थायी स्मृति का अंग बन पाती हैं, पद्य भाषा के अनावश्यक विस्तार को छाँट देता है इसलिए कहनातें चुटीली, सटीक, संक्षिप्त, व्यंजनार्थी आदि हो पाती हैं। सर वेंटिस जब यह कहते हैं कि—Short Sentences drawn from long experience.' तो यह कहनात की उतनी परिभाषा नहीं है जितनी उसकी विशेषता, अलंकार शास्त्र में तो लोकोक्ति अलंकार भी है।

अनेक अहानों और कहनातों में स्त्री-पुरुष के गुप्तांगों का सिर्फ़ नाम ही नहीं है, उनका शब्दार्थ तक अश्लील दिखायी पड़ता है लेकिन वे लोक में सहज भाव से बोली-समझी जाती हैं—बिना किसी कुण्ठा के। शृंगार के उद्दीपन और अवलम्ब के अंग जितने रीतिकालीन कविता में अपना अर्थ और छटा नहीं पाते, उससे अधिक वेग और प्रखरता से लोकोक्तियों और कहावतों में अभिव्यंजित होते हैं—अपने रस की एक-एक बूँद को निचोड़ देते हैं। बिहारी जब कहते हैं—'लरका लेबे के मिसों, अंचरा छू-छू जायें' तो वहाँ फिर भी 'मिस' है, बहाना है, ब्याज है लेकिन लोकोक्तिकार निर्व्याज भाव से कहता है—'देवी रूठ हें, पूत नें देहें...(योनि) नें काट लेहें'। असल में अभिव्यक्त को अभिव्यंज से जोड़ने का बेजोड़ कौशल उनकी सारी अश्लीलता को धो-पोंछ डालता है। व्यंजना इतनी प्रबल होती है कि उन तथाकथित अश्लील शब्दों पर ध्यान ही नहीं जाता, अश्लीलता ओट में हो जाती है। जहाँ सब कुछ खुला-बिखरा है, अकुण्ठित है, वहाँ अश्लीलता कैसे होगी।

कहनातें या अहाने लोक की रचनाएँ हैं, जहाँ जीवन को विस्तार में नहीं, गहराई में नापा जाता है, इनमें लोक का जीवन-सत्य समाहित होता है, शास्त्रों के सत्य से उसे परहेज़ नहीं होता है लेकिन यह सत्य उसके जीवन का सत्य भी होना चाहिए। रहीम की इस अर्द्धाली—'जो रहीम ओछे बड़ें...' से उसे कोई इनकार नहीं लेकिन इसी दोहे में, उसकी शतरंज और उसकी चालों से उपमा चूँकि उसके

जीवन का सत्य नहीं है, इसलिए उपमा उसकी अपनी, अपने आसपास की है, कहनात यूँ है—'जो रहीम ओछे बड़ें, कंडी से इतरायें'।

कहावत और लोकोक्ति के स्वरूप विधान के अनुरूप बुन्देली में तीन अन्य विधाएँ भी प्रचलित हैं—पहेली, अटका और लटका। यहाँ उनकी भी एक संक्षिप्त- सी जानकारी ज़रूरी है।

पहेली :

पहेली में प्रश्न या रहस्य होता है जिसे बूझना पड़ता है। जैसे—

'नोंचे बार फटाये कपड़ा, मोती लये उतार
ऐंसी जा विपदा परी, नंगी कर दई नार'

इसका उत्तर है—भुट्टा। इसमें प्रतीत यह होता है कि जैसे यह द्रौपदी के चीर-हरण का प्रसंग हो, अगर वह होता तो यह 'अटका' हो जाती लेकिन अन्तिम अर्धाली—'नंगी कर दई नार' इसे पहेली का ही स्वरूप प्रदान करती है क्योंकि द्रौपदी नंगी नहीं होती, कृष्ण चीर बढ़ाकर उन्हें निर्वसन होने से बचा लेते हैं। लोक में जितनी लोकोक्तियाँ या कहावतें हैं, उससे कम पहेलियाँ—जिन्हें 'बुझौअल' भी कहते हैं न होंगी। पहेलियाँ छन्द में अधिक हैं, और शुद्ध गद्य की एक लाइन की भी पहेलियाँ हैं।

इनमें पौराणिक और ऐतिहासिक प्रसंग हैं—

'दो पग चलें, चार लटकायें, चला जाये मन चैना
ऐसी सखी में तो सों पूँछूँ, तीन सीस दो नयना'

उत्तर—सरवनकुमार

तो हमारे अपने समय के भी—
'एक परी, एक खड़ी, एक छमाछम नाच रही।'

उत्तर—पूड़ी

प्रकृति-पुरुष, ब्रह्म-माया, मानव-मानवेतर, संसार—सभी रहस्य बुद्धि के मनोरंजक व्यापार हैं, पहेली में मिथक भी होते हैं, कथा भी, बोली में होने के साथ ही, यह लोक की उक्ति भी है—बस इसमें अन्तर्निहित रहस्य ही इसे बुझौअल बनाता है। काव्य का सौन्दर्य, अलंकार विशेषतः यमक-श्लेष पहेलियों में विशेषतः होते है—

'तन्नक सी, मन्नक सी, हरदी कैंसी गाँठ
चटाक चूमा ले गयी—हाय मोरी दैया'

उत्तर—बर्र

गा :

पहेली का गद्य रूप-किस्सागोई की शैली में 'गा' है।
जैसे एक क़िस्सा है—पहलवान कौन?

एक बहुत बड़ा पहलवान अपनी जोड़ के पहलवान की खोज में देशाटन पर था। जंगल में उसे एक लड़का मिला। वह लड़का सौ बैलगाड़ियों को जो रेल के डिब्बों के समान एक-दूसरे से जुड़ी थीं और जिनमें सौ-सौ अनाज के बोरे रखे थे, अकेला खींच रहा था, पहलवान ने उस लड़के से कुश्ती लड़ने की इच्छा ज़ाहिर की। लड़का तैयार हो गया लेकिन उसने कहा कि हमारी हार-जीत का फ़ैसला कौन करेगा। तभी उन्हें एक बुढ़िया दिखी जिसकी कमर झुक गयी थी और वह ऊँट चराने गये अपने बेटे के लिए खाना लेकर जा रही थी। लड़के ने बुढ़िया से कुश्ती के निर्णय के लिए कहा। बुढ़िया को रुकना सम्भव नहीं था। उसने दोनों से कहा कि मेरी हथेली पर लड़ते चलो। दोनों बुढ़िया की हथेली रूपी अखाड़े में भिड़ गये। बुढ़िया के लड़के ने जब देखा कि माँ की हथेली पर दो आदमी लड़ रहे हैं तो उसने सोचा कि ये राजा के सिपाही हैं। उसने सारे ऊँट चादर में बाँधे और उस गठरी को सिर पर रखकर भागने लगा। माँ ने रोका तो रुक गया। ऊँटों की गठरी एक जगह रख दी और खाना खाने लगा। तभी आकाश से एक चील झपटी, गठरी चोंच में दबायी और उड़ गयी, उड़ते-उड़ते जब वह राजमहल के ऊपर से उड़ रही थी तो उसकी चोंच से गठरी छूट गयी और राजकुमारी की आँख में गिरी। सारे राज्य में हड़कम्प मच गया कि राजकुमारी की आँख में किरकिरी चली गयी। नाइन बुलाई गयी, उसने राजकुमारी की आँख नदी में डुबायी, धीरे-धीरे सारे ऊँट बाहर निकल गये।

इस कहानी में यह बताना होता है कि पहलवान कौन है?

अटका :

अटका एक तरह से पहेली जैसा ही होता है लेकिन उसे बूझना, पहेली से अधिक आसान होता है, बस थोड़ा-सा अटकते भर हैं, एक छोटा-सा अटका खुला कि

सारा प्रसंग स्पष्ट हो जाता है। 'अटका' शब्द बुन्देली के 'अटकर' से भी बना हो सकता है। 'अटकर लगाना' का अर्थ है—अन्दाज़ा लगाना। एक तरह से यह Presence of mind का परीक्षण है। बुन्देली में पहेलियों के समान अटका भी प्रचलित है, उदाहरण के लिए कुछ अटके नीचे दिये जा रहे हैं—

1.

चोर जीव, निरजीव पहरुआ, चोरी हो गयी चीज़ बड़ी—चोर न भीतर आया अब अगर इसमें यह अटका खुल जाये कि यह प्रसंग सीता हरण का है तो सारा अर्थ एकदम स्पष्ट हो जायेगा।

चोर जीव = रावण, निरजीव पहरुआ = लक्ष्मण रेखा, चोरी हो गयी = सीता जी, चोर न भीतर आया = रावण लक्ष्मण रेखा के भीतर नहीं आया।

2.

मड़वा गिर गओ, दूला मर गओ, दुल्हन भई अहबाती
गाँव की सखियाँ गारी गावें, सुन-सुन आवे हाँसी

सीता स्वयंवर में कोई भी धनुष नहीं उठा पाया, फिर भी सीता जी का विवाह हो गया। सखियाँ मंगल गा रही हैं।

ऐ सखि चल वहाँ, बरसे है घनघोर, बूँद नहीं जहाँ
ऐ सखि चल वहाँ, लगा है दरबार, बात नहीं जहाँ

पहली पंक्ति में गोवर्धन पर्वत उठाने का संकेत है और दूसरी पंक्ति में द्रौपदी-चीर हरण का प्रसंग है।

'दंदी के दंदभओ, बेदंद की हँसी
बिना बाप लरका भओ, मताई घरे नें हती'

इसमें लव-कुश के जन्म का प्रसंग है।

'येर-गेर बारी लगी, भीतर बिड़े ढोर
ढोर-ढोर सबरे बँधे, खूँटा ले गओ चोर'

हनुमान जी की पूँछ द्वारा बनाये गये पर्वताकार घेरे के भीतर वानर सेना घुसी है। पूरी वानर सेना तो ज्यों की त्यों है लेकिन राम और लक्ष्मण को चोर (अहिरावण) ले गया।

अबे धरो, फिर धरने परो
विष्णु के बार-बार अवतार लेने की कथा का प्रसंग है।

क़िस्सागोई की शैली में भी अटका के गद्य रूप हैं—मूर्ख ब्राह्मण बालकों की कथा।

'एक—राजा आहे, केंहें का?
दूसरा—तोरी गत, सो मोरी गत।
तीसरा—जा अन्धेरी कब लो चल हे
चौथा—जब लों चले, जबई लों सई।'

इस वार्तालाप में एक अटका फँसा है—(एक) लक्ष्मणजी सोच रहे हैं कि सीता को राम मेरे भरोसे छोड़ गये थे, रावण हर ले गया है—अब मैं उन्हें क्या जवाब दूँगा (दो) राम सुग्रीव से कह रहे हैं कि तुम्हारी पत्नी को बाली ले गया और मेरी पत्नी को रावण (तीन) मन्दोदरी रावण से कह रही है कि तुमने सीता का हरण करके अन्धेर किया है, यह कब तक चलेगा (रावण) उत्तर देता है, जब तक चले, तब तक ही सही।

लटका :

एक मुहावरा है—'लटका-झटका' देना अर्थात् हीला-हवाला करना। लटका, अटका की तरह होता है लेकिन उसका अर्थ कहीं दूर प्रसंगों में नहीं, वहीं-उन्हीं शब्दों में रखा होता है। अलंकार, भाषिक प्रयोग आदि की ओट में छुपा रहता है।

जैसे—

1.

वर माँगन वर पे गयी वर पायो तत्काल
वह पायी, बेवर हुई, पण्डित करो विचार

कैकेयी-दशरथ प्रसंग है—वर में श्लेष है।

2.

तुला, तुला को बेर है, कुम्भ खों ले गओ चोर

वृष राम पोंचाइयो, मोखों डारे टोर

तुला राशि = राम, रावण, कुम्भ राशि = सीता जी, वृष राशि = हनुमान, बन्दर।

कुछ शास्त्रीय अन्तरों को अगर छोड़ दें तो अहाने और कहावतें पयार्यवाची ही हैं।

लोक का मतलब

त्रिलोचन से संवाद

रमेशदत्त दुबे :

लोक को अनेक तरह से परिभाषित किया गया है। आपके मन में लोक की क्या अवधारणा है?

त्रिलोचन :

पहले लोक शब्द वेद शब्द के साथ ही जुड़कर आता था। वेदों के अनुकूल जीवन रखना ज़रूरी था। इसके बाद वेदों में जिसका निर्देश नहीं है लेकिन लोक जीवन में जिसकी प्रतिष्ठा है, मर्यादा है, मान्यता है—उसको भी मान्य ठहराया गया तो लोक और वेद दो हैं। इन्हीं दो पर तुलसीदास ने बल दिया है रामचरितमानस में। लोक और वेदानुकूल जो हैं वही लोक का भी मान्य है और लोक की रीतियाँ विभिन्न स्थानों के कारण भिन्न हो सकती हैं, यह मान्य ठहराया है और इसका पालन किया है। इसके बाद अब जो लोक शब्द का व्यवहार हो रहा है, वह एक विशेष अर्थ में है। लोक तत्त्व उस तत्त्व को कहा जाता है जो संस्कार रूप में लोगों में है, रस्मोरिवाज में है और कई चीज़ों में है। इनके अनुसार जो होता है जिसमें गान-वैयक्तिक गान और सामूहिक गान चाहे पुरुषों के हों, चाहे स्त्रियों के, चाहे बच्चों के, बच्चियों के ये तमाम जो हैं लोक की परिभाषा के अन्तर्भुक्त विषय हैं। तो लोक कथाएँ जो महापुरुषों को आधार बनाकर हैं या अपने स्थानीय ख़ास काम करने वाले व्यक्तियों के आधार पर, लोक कथाओं में आती हैं और लोक कथाएँ अनेक तरह की कहानियाँ जैसी कहानियों का संकलन अलिफ़ लैला में है या हमारे यहाँ कथासरितसागर में है जिसका मूल रूप (गुणाढ्य की बड्डकहा) में था गुणाढ्य की बड्डकहा अब मूल रूप में मिलती नहीं। संस्कृत में इसके दो रूपान्तर मिलते हैं। एक तो सोमदेव का 'कथासरितसागर' है और दूसरा क्षेमेन्द्र का 'बृहत् कथा मंजरी'। अलंकृत गद्य में और कहीं-कहीं श्लोकों में 'बृहत् कंथा मंजरी' लिखी गयी है और बड़ी चीज़ है और मूल किताब इन दोनों को मिली होगी तभी इन दोनों की शैली में भी अन्तर है। 13वीं-14वीं सदी की है कथासरितसागर और लगभग 1000वीं ईसवी की है बृहत् कथा मंजरी जिसके कर्त्ता हैं क्षेमेन्द्र और सोमदेव। सोमदेव ने कहानी को अपने ढंग से कहा और ये कहानियाँ पढ़ी जाती हैं। तो

केवल कहानी ही लोक की सीमा नहीं सूचित करती। कहानी, लोक का इतिहास लोक के रस्मोरिवाज जो बदलते रहे हैं ये तमाम आ जाते हैं। इसको लेकर जो जीवन में मिलता है, उसे लोक संस्कृति कहा जाता है। संस्कृति शब्द यूँ तो संस्कार का स्त्रीलिंग है लेकिन उससे भी बड़ी चीज़ है, व्यापक अर्थ है। तो लोक तत्त्व में वह तत्त्व जिसकी ओर लोगों का ध्यान नहीं है—शास्त्रीय संगीत और संगीत के नाना भेद-उपभेद ये तमाम लोकगीतों से ही प्रभावित रहे हैं। मूल में जो लोकगीत था उसी को शास्त्रीय गायकों ने शास्त्रीय मर्यादा और पाबन्दी के साथ पेश किये तो शास्त्रीय संगीत का जनक लोक संगीत ही है। इसी तरह से जब काव्य में एक विशेष प्रवृत्ति चलते-चलते अनाकर्षक और नवीनता का बोध देने में असमर्थ हो जाती है, तब लोक तत्त्व से प्रभावित होकर कवि जन जीवन का संचार करता है। अपने बहुजन मान्य सिद्धान्तों में और इस तरह से साहित्य जब कभी नया होना चाहता है तो उसे लोक तत्त्व की ओर ही आना पड़ता है और लोक तत्त्व जिसमें कम पड़ जाये वह उतना ही कमज़ोर हो जायेगा।

आपके एक सानेट की पंक्ति है—'तुलसी बाबा भाषा मैंने तुमसे सीखी'—इस पंक्ति का क्या अर्थ है? क्या आधुनिक हिन्दी, लोक बोलियों और भाषा की तुलना में, कमतर है? क्या हिन्दी आपके काव्य संवेदन को पूरी तरह अभिव्यक्त नहीं कर पाती?

आपके इस एक प्रश्न में अनेक बातें मिली हुई हैं—एक तो यह कि मेरी कविताओं में, काव्य रचना में मैं किनसे प्रभावित हुआ। ये सही है कि मैंने रामचरितमानस बराबर पढ़ा है। और बराबर पढ़ने पर उसमें जो रचनात्मक सम्भावनाएँ हैं उनका असर तो आयेगा ही। मैंने तुलसीदास से रचना की प्रेरणा प्राप्त की लेकिन तुलसीदास मेरे समय से क़रीब 400-500 साल पहले हुए। उस समय की मान्यताएँ जिन पर विचार नहीं होता था, बात नहीं होती थी वो सर्वजनमान्य और समर्थित थीं। आज वो बात नहीं रह गयी है। ऐसी मान्यताओं से मेरा सम्बन्ध नहीं है। लेकिन शब्दों के प्रयोग में तुलसीदास जी से सीखा जा सकता है। तुलसीदास के यहाँ शब्दों का प्रयोग दो तरह का है—साहित्य में मान्यता प्राप्त शब्द भी आये हैं और लोक में प्रचलित शब्द, पद और मुहावरे भी है तो तुलसीदास से यहाँ सीखा जा सकता है। इसमें सन्देह नहीं कि आज अवधी का जो रूप हो गया है, वह तुलसीदास की अवधी के समय से या जायसी के समय से काफ़ी कुछ बदल गया है। तुलसीदास से कुछ पहले, कुछ ही पहले

जायसी हुए। जायसी ने अपनी काव्य-रचना में बोलचाल की अवधी का और शब्दों और मुहावरों का प्रयोग वही किया है जो तब प्रचलित थे। इस तरह से जायसी को समझने के लिए उस समय के समाज को समझना भी ज़रूरी है। लोक तत्त्व में समाज अपने पूरे अर्थों में आता है। मेरे यहाँ—जैसे तुलसीदास ने एक जगह लिखा है—हर्ष का बयान करते हुए उन्होंने लिखा है—'मनहु सिखिनि सुनि बारिद बानी,' तो बादलों का गर्जन नहीं लिखा, बारिद बानी लिखा, इसका मतलब मधुर-मधुर गर्जन की आवाज़ आ रही है और कुछ बूँदाबाँदी भी हो रही है, ऐसे में मोरनियाँ जिनको पावस में विशेष वो होता है और मोर नाचते हैं स्वेच्छया। नाचने का गुण मोर में होता है, मोरनी में नहीं लेकिन हर्ष तो मोरनी में भी होगा, नृत्य नहीं। आज के साहित्यकार जानकारी कम होने के कारण कहीं-कहीं मोरनी को ही नचाते हैं। इसी तरह से नर कोयल बोलता है, उसकी आवाज़ में पंचम का स्वर है, मादा कोयल में न वह आकर्षण है, न स्वर की वह गहराई है, वह मिठास है। तो यह सब तो जानना चाहिए। लोक से ही यह सब व्यवहार समझ में आयेगा, लेकिन बहुत-सी बातें कवियों में प्रचलित हो गयी थीं और प्रचलित हो जाने पर सदोष होते हुए भी उनको ठहराना पड़ेगा कि चलिये ठीक है। बहुत-सी, अब जैसे कमल का रात में मुँद जाना; ये तो होता ही नहीं है, अगर पूरा कमल खिला है तो वह मुँदना नहीं जानता और कुछ फूल ऐसे हैं कि पूरे न खिले हों तो रात में मुँद जायेंगे जैसे रातों में देखा जाये तो अड़हुल का फूल पूरा नहीं खिला है तो मुँद जायेगा, दूसरे दिन खिलेगा वह फिर।

आपकी एक काव्य-कृति अवधी में है—ऐसा क्यों?

मैं यह मानता हूँ कि वह भाषा गद्य और पद्य दोनों में सधी हुई है और उसकी बहुत-सी व्यंजनाएँ आधुनिक हिन्दी में नहीं दी जा सकतीं। यानी कम से कम दो तिहाई व्यंजनाएँ अवधी की ऐसी हैं जिनको आधुनिक हिन्दी में देना फूहड़ हो जायेगा। क्योंकि आधुनिक हिन्दी सँवारी हुई और निखारी हुई भाषा को कहते हैं। और यह कहें कि यह किसी की बोली नहीं है—न तो पश्चिम के व्याकरण को पूरा लेती है, न यह पूर्वी बोलियों के या कहें अवधी का पूरा व्याकरण लेती है।

एक समय था जब बोलियों में लिखी गयी कविता हिन्दी समाज का अंग बनती थीं। आज भी अवधी या ब्रज को न जानने वाला भी उन बोलियों में लिखे गये हमारे क्लासिक्स को समझ लेता है। यहाँ बोली में लिखने वालों को अन्य अंचलों में नहीं समझा जाता ऐसा क्यों हुआ?

असल में आधुनिक हिन्दी का जो विकास है, उसका व्याकरण जो है, किसी बोली से मेल नहीं खाता—न बुन्देली से, न अवधी से और बघेली से, न भोजपुरी से। यहाँ तक कि ब्रजभाषा से भी आधुनिक हिन्दी का कोई मेल नहीं है—व्याकरण की दृष्टि से तो ग्रामर इन बोलियों का अलग है। स्वयं बुन्देली में इतनी बोलियाँ हैं जो किसी अंचल में ज्यों की त्यों नहीं चलतीं जैसे सागर की, छतरपुर की, पन्ना-बिजावर की बुन्देली—इसका ग्रामर अलग है, शब्द समूह भी भिन्न है। और इसी तरह चिरगाँव, झाँसी, ललितपुर, इन तमाम जगहों की बुन्देली अलग है। यहाँ तक कि कारक के व्यंजक चिह्न अलग हैं। ये अन्तर होते हुए भी केवल भाषा की दृष्टि से विचार करने वाले को यह प्रेरणा मिलती है कि वो बोली तो एक माने यानी भाषा का—पूर्ण भाषा है बुन्देली लेकिन बुन्देली की ये अनेक बोलियाँ हैं—हमीरपुर की बुन्देली अलग रचाव ले लेती है, इसी तरह से टीकमगढ़ आदि की बुन्देली दूसरा बनाव रखती है। अगर कोई सागर में रहता हुआ, सागर की बुन्देली लिखता है, तो वह ग़लत काम करता है—यह नहीं कहूँगा; जैसी सागर में बोली जाती है, वैसी वह लिखेगा। अगर सागर में लिखने वाले प्रथम कोटि के साहित्यकार हुए तो निर्विवाद रूप से इन साहित्यकारों का असर दूसरे क्षेत्रों में रहने वाले साहित्यकारों पर होगा और उनकी बुन्देली जो होगी वह सागर के साहित्यकारों की बुन्देली से जहाँ-तहाँ मेल खाते हुए भी भिन्न तो रहेगी लेकिन बुन्देली की ही एक शाखा होगी।

क्या आधुनिक हिन्दी का बोलियों के साथ लगभग वही सम्बन्ध नहीं है जो उसके साथ अँग्रेज़ी का है।

आधुनिक हिन्दी जिसे कहते हैं, उसका पूरा-पूरा विकास 19वीं सदी के उर्दू साहित्य के गद्य साहित्य में है। उनके यहाँ उपन्यास बड़े-बड़े लिखे गये। आज भी लोग पढ़ते हैं, उन पर अनुसन्धान करते हैं और हिन्दी जब लिखी गयी तो ज़्यादातर पश्चिमी अचंल के कवि जो हुए हैं उन्होंने उर्दू में कविताएँ लिखीं और उन्होंने उर्दू की ही लिपि में अपनी रचनाएँ दी हैं। जहाँ-तहाँ उन्होंने पश्चिम के मुहावरे और शब्द भी लिए हैं लेकिन यह धीरे-धीरे कम होता गया। जैसे 'ओक' शब्द का व्यवहार है ग़ालिब में। 'ओक' को बोलते हैं पूरब की बोलियों में चुल्लू—'पिला दे ओक से साकी...' तो ग़ालिब के यहाँ 'ओक' का व्यवहार है लेकिन यह 'ओक' शब्द मुझे हिन्दी के किसी कवि में नहीं मिला। इसी तरह से ग़ालिब ने अपने एक शेर में लिखा है—ग़ालिब नहीं मीर ने अपने एक शेर में

कहा है—उन्होंने कहा है—आगे किसू के क्यों करे दस्तेतमा दराज़, वो हाथ सो गया है सिहाने धरे-धरे" तो हाथ का सो जाना, पाँव का सो जाना, यह बोलचाल की व्यंजना है। दिल्ली में आज भी बोला जाता है। खड़े होने में जब खड़े होते नहीं बनता, पूरब वाले जिसे कहते हैं—पाँव में झिनझिनी, उसी को वे कहते हैं—पाँव सो गया है तो वही झिनझिनी वाली हालत यानी कि रक्त प्रवाह रुक गया है। असल में पश्चिमी तेवर ज़ुबान का यह उर्दू की पुरानी कविता में मिलता है। ये धीरे-धीरे कम होता गया। उर्दू में मतरूकात की फ़ेहरिस्त बनायी गयी और बनाने वाले थे उस्ताद नासिख़। नासिख़ ने बहुत से शब्दों की सूची दी और कहा कि इनका इस्तेमाल इस ज़ुबान में नहीं आना चाहिए। उसमें 'टुक' एक शब्द है। तो टुक का प्रयोग उर्दू के पुराने शायरों में है। मीर के यहाँ तो अगर इस टुक को बदल दें तो मतलब ही ख़त्म हो जायेगा। इसलिए शब्दों को अनिवार्य बनाता है जब कोई कवि, कविता करता है यानी शब्द का पर्याय नहीं, वही शब्द काम देगा। तो इसलिए क्योंकि हिन्दी बहुत लम्बे-चौड़े क्षेत्र में लिखी जा रही है, छापी जा रही है तो लम्बे-चौड़े क्षेत्र के मुहावरे आदि आयेंगे, शब्द आदि आयेंगे और इतिहास की लिखी हुई किताबें—विश्वेश्वरनाथ रेउ ने आधुनिक हिन्दी में बोलियों का इतिहास लिखा है। उसमें राजस्थानी शब्द जो हैं, वे आते हैं और जो नहीं जानता, उसको जयपुरिया राजस्थान जाना पड़ेगा। इसी तरह से मेवाड़ी का असर मिल जायेगा—गौरीशंकर हीराचन्द ओझा में और ओझा ने अपने यहाँ के शब्दों का व्यवहार राजस्थान के इतिहास में दिया है। तो मेरा यह कहना है कि राजस्थान के इतिहास में भी ऐसे बहुत से शब्द हैं। स्वयं राजस्थान के शब्द वनस्पतियों के और वृक्षों के फूलों के—उनके नाम ही अलग हैं, यह नहीं कि अन्यत्र वे मिलते नहीं हैं, बहुतेरे तो वहीं मिलते हैं। तो इन तमाम का बोध तो राजस्थान में रहनेवाला कवि तो ज़रूर लायेगा। लेकिन आधुनिकता के जोश में जो राजस्थान की उपेक्षा करेगा, वह हिन्दी का कमज़ोर कवि, पिछलगुआ कवि तो रहेगा। मेरा यह कहना है कि भाषा में ओज-तेज-बल तब आता है जब लेखक अपने परिपार्श्व को ज्यों का त्यों रखना चाहता है और जितना आधुनिक हिन्दी कविता के क्षेत्र में खप सके उतना वह देता है तो आधुनिक हिन्दी उससे दिनोदिन समृद्ध होगी और उसकी शब्द राशि बढ़ती जायेगी और जैसे समुद्री जीवन है, नवपरिवहन है, जहाज़ी शब्द है और जहाज़ के बन्दरगाह वग़ैरह हैं, वहाँ के शब्द उन्हीं भाषाओं में मिलेंगे जो भाषायें हिन्दी से भिन्न हैं। और इन शब्दों को हिन्दी का ही मानकर हमें चलाना होगा। अँग्रेज़ी के जो शब्द हिन्दी में

खप गये हैं, वे तो चलेंगे लेकिन अगर आप साहित्य की आलोचना के भी शब्द देंगे और बिना आलोचना के प्रकरण के तो यह ग़लत काम होगा। हिन्दी में लिखिये तो हिन्दी में सोचिये और हिन्दी की बोलचाल की भाषा में पारिभाषिक शब्द लाइये, ये आपकी शक्ति देखी जायेगी। हिन्दी भी पढ़ने की चीज़ है और उसे बिना पढ़े लिखने की हिम्मत करना, हिम्मत ही करना है और हिम्मत हमेशा कामयाब हो, ज़रूरी नहीं।

समकालीन हिन्दी साहित्य में बोली में लिखने वाले कौन-से महत्त्वपूर्ण कवि हैं? क्या ये दोयम दर्जे के कवि हैं?

जैसे मैं प्रथम श्रेणी के कवियों में मानता हूँ—ईसुरी, ख्यालीराम, गंगाधर व्यास को। इनको अगर कोई दोयम दर्जे का कहता है तो उसे दोयम दर्जे के अलावा कुछ भी मालूम नहीं है। उसे कहने का हक़ है, कारण ये है कि साहित्य में आपको यह हक़ है कि किसी को कहें कि कूड़ा लिखता है और मुझे ये हक़ है कि अमर साहित्य लिखना है। तो, लेकिन, हम और आप इस पर लड़ें न।

लोक कविता के छन्द विधान, शिल्प, भाषा आदि के सहारे हिन्दी के कुछ प्रतिष्ठित कवियों ने कविताएँ लिखी हैं। इसके पीछे इन कवियों का क्या प्रयोजन रहा है? क्या ये कविताएँ मात्र पैरोड़ियाँ नहीं हैं?

पैरोड़ियाँ तो आप तब कहेंगे जब...एक तो आल्हा का वह रूप आप देखेंगे जिसका 19वीं सदी में तैयार किया हुआ जो पाठ था, उसे इटावा के कलेक्टर ने तैयार करवाया था तो उस समय से और आज जो आल्हा गाया जाता है तो आज के अतिचारों आदि का भी ज़िक्र आता है। ये ज़िक्र कवि के आग्रह या रुचि को मानना चाहिए जैसे रामचरितमानस में एक जगह तोपों के दगने का ज़िक्र है लेकिन वहाँ तोप शब्द नहीं आया—गोला है तो गोला चूँकि तोप से ही आता था। तोप शब्द जो तुर्की का है, वो आये न आये, वह है। बन्दूक़ों का वर्णन आपके यहाँ पुराने काव्य के साथ नहीं मिलता। रामचरितमानस में जो छन्द है उसमें तोप दगने की बात आती है—'ढाये महीधर शिखर कोटिन विविध विधि गोला चले, धहरात ज्यों पबि पात, गरजत प्रलय के जनु बादरे' तो माने बहरा बना देने वाली आवाज़ यह तोपों की गर्जना थी तुलसीदास ने स्वयं सुनी—दूर से या फिर लोगों से इसका विवरण सुना। तो रामचरितमानस में विविध विध गोला भी चलते हैं। हालाँकि वाल्मीकि में गोला-गोली चलने की कोई बात नहीं है, तो रामचरितमानस में भी तो एक ही जगह आया है। आल्हा में सफ़रमैना

जैसा शब्द आया है। सफ़रमैना उस सेना के साथ, अगर जंगल ही जंगल है तो उसे काटने के लिए जो दल होता था, उसी के लिए एक शब्द था जो आल्हा में बिगड़े हुए रूप में मिलता है। आल्हा की जो लड़ाई है वो है—घोड़ बेदुला का बयान है और मलखान की घोड़ी कबूतरी का बयान है। आल्हा आदि असाधारण वीर कहे गये हैं। इन सबकी वीरता जो है शरीर रही है—माने उसकी संस्कारगत नहीं। तो मेरा ये कहना है कि इन सब बातों को उसी ढंग से लेना चाहिए और कवि कब का है यह ध्यान रखना चाहिए। जैसे बहुत से कवियों ने कृष्णलीला का बयान करते-करते कृष्ण के बाद घटित होने वाली बातें भी डाल दी हैं। ये सब बातें ठीक तो हैं—इसी को काल दोष कहते हैं। पहले काल दोष नहीं माना जाता था इसलिए इस तरह की बातें अच्छे से अच्छे कवियों में मिल जायेंगी। वहाँ ये कहना चाहिए कि कवियों में ऐसी परम्परा थीं, इसलिए जैसे मैं आपको बता रहा था कि हाथ नहीं आ रहा है—हाथ। लिख दिया। आप बुन्देली में लिख रहे हैं तो आपके यहाँ हाथ बोलते हैं तो वही लिखना होगा—हाथा नहीं बनाना पड़ेगा या हाथी नहीं बनाना पड़ेगा, है न, अब हाथी मारना यानी..आपके हाथ पर ताली मारकर मैं भाग रहा हूँ आप मुझे पकड़िये—यह हाथी मारना है। यह मत समझिये कि हाथी का वध किया। हाथी का वध वर्जित था सामान्य जनों को जैसे आज शेर दिखायी दे और आपके हाथ में पिस्तौल हो। आप गोली चला दें तो भाई जान, आप पर मुक़दमा ज़रूर चलेगा। आप यह कह बच नहीं सकते कि वह आपके ऊपर झपट रहा था।

> हिन्दी के कुछ लेखक लोक का इस्तेमाल करते हैं। वे लोक कलाओं को अपने उद्देश्यों-मन्तव्यों के अनुसार मोड़ लेते हैं। क्या यह लोक में नकारात्मक हस्तक्षेप नहीं है?

लेखक कहाँ से बनते हैं, जानते हैं—अपनी प्रतिभा से नहीं, प्रतिभा का संकलन ये उसी प्रकार करते हैं जैसे मधुमक्खी फूलों से पराग का और पराग को शहद में परिवर्तित करना भी वही जानती है तो पराग को या पुष्परस को शहद में बदलने की जिनमें शक्ति होगी वे समर्थ होंगे बाक़ी अभ्यासी रहेंगे। अभ्यासियों को भी कवि कहने में आपकी क्या हानि है—कहिये कवि, जैसे मैथिलीशरण गुप्त का मैं आदर करता हूँ। वे न होते तो मैं आधुनिक हिन्दी लिख न पाता लेकिन मैथिलीशरण गुप्त की प्रतिभा परतन्त्र है या तो संस्कृत कवियों के पैरेलल सोचकर उन्होंने लिखा है—स्वतन्त्र कल्पना कम है लेकिन अब ये कि जब रोती

है वह...क्या नाम है उस महिला का...उर्मिला। उर्मिला रोती है, चौदह साल रोती होगी तो चौदह साल के परिणाम में तो नहीं रुलाया है फिर भी एक किताब की शक्ल में रुला दिया है। कालिदास ने भी इतना नहीं रुलाया है अज को और नायिकाओं को भी नहीं रुलाया है इतना। रोना नहीं है—जीवन बड़ी चीज़ है। आपका दुख उतना विशाल नहीं है जितना विशाल सुख नहीं है। यह सुख-दुख से ही जीवन होता है। तो मेरा यह कहना है कि सन्तुलित आना चाहिए जैसे दाल में नमक होता है तो दाल में नमक जितना चाहिए, यह नहीं कि आधा सेर नमक डाल दीजिए तो फिर खाते नहीं बनेगी।

लोककलाएँ समूह का सृजन हैं। यहाँ व्यक्ति के सृजन की कितनी गुंजाइश होती है? इन कलाओं में प्रयोग, विशेषीकरण, पुनराविष्कार आदि की कितनी और कैसी सम्भावना होती है?

शब्द बढ़िया है, यह प्रश्न भी बढ़िया है। लोकलाएँ सामूहिक सृजन होती हैं। यह समूह सृजन जब समूह गायन में पेश किया जाता है और मान लीजिए कि कहीं भूला तो गद्य भी गाते चलते हैं—उसी लय में, इतना मालूम है। हमने पुरानी वृद्ध ाओं के गायन सुने हैं और उनको जोड़ते भी देखा है लेकिन जो जोड़ती हैं, वह रीति-रिवाज़ के अनुसार, ऐसा नहीं है कि अंट-शंट कुछ भी जोड़ती चली जायें। गारी-वारी कुछ गाती हैं तो लोगों के नाम जोड़ लेती हैं और लयदारी वही होती है जो गारी की होती है। तो सुधारवादी तो गारियों के विरोधी हो गये हैं इसलिए ये फार्म धीरे-धीरे मिट जायेगा। तो बहुत-सी...जैसे हमारे यहाँ किसी लड़की को बेशऊर कहते हैं तो कहा जाता है कि उसकी बात क्या करते हो, उसे तो रोने का भी शऊर नहीं है। रोने में भी शऊर चाहिए। ये नहीं कि आपकी आँखों से आँसू बह रहे हैं और आपको रोना आता है। रोते समय कुछ गाते जाना यह शऊर था और अब बिदा के समय लड़कियाँ नहीं रोतीं—भाई की टाँग पकड़कर, बाप की टाँग पकड़कर, माँ को एकदम भेंटते हुए। यह रोने वाली जो पीढ़ी थी, अब तो ग़ायब हो गयी। तो रोने का शऊर भी होता है, यह मुहावरा भी मिट जायेगा। ये ज़रूर है कि उनकी आँखों में पानी आ जाता है लेकिन उसके साथ जो कविता बनती है, वह मुक्त कविता बनती है, भाई जान, ग़ौर किया है। तो इसको तो आज तक किसी कवि ने नहीं लिखा। मैंने तो मुक्त छन्द लिखने की प्रेरणा वहाँ से ली, नहीं तो कृष्ण यजुर्वेद से—गद्य ही है, गेय है जैसे कुरान में है गद्य लेकिन गेय है। लेकिन वह गद्य की गद्यता नहीं मिटती। तो मेरा यह

कहना है कि सुकण्ठ अगर गायेगा तो अकेले भी गायन सुना जायेगा लेकिन सामूहिक गान में सुकण्ठ और कुकण्ठ सब सहयोग देते हैं और सब चलते जाते हैं और जहाँ तक हो सके स्वर मिलाते हैं—समूह गान यह है। अब आल्हा जो है वाचन है—गायन नहीं। पचास-पचास हज़ार की भीड़ में अल्हैत जब गाता है तो तलवार भी लिये रहता है और मध्यकाल का पहनावा और तलवार भांजते हुए वह गोलाई में घूमता है—अर्ध गोला में घूमता है और इधर तीन चौथाई तो वह कहता है आल्हा में और एक चौथाई जो बच गया तो जो जोड़ने वाला है, वह जोड़ता है। तो इसे समूह कण्ठ तो नहीं कहा जायेगा—दो का होता है—अधिक से अधिक तीन हो जायेंगे—इससे ज़्यादा नहीं। अच्छे अल्हैत बुन्देलखण्ड में नहीं होते, जानते हैं कहाँ होते हैं—अवध में। अवध के लोग सरकारी फ़ौजों में रखे जाते थे। आज भी आल्हा के लिए अवध का अल्हैत बुलाया जाता है तो आल्हा सुनकर लोगों में उत्साह का संचार होता है।

अब जैसे कजरी सामूहिक गान भी है, वैयक्तिक गान भी है। विरहा सामूहिक गान भी है, व्यक्तिगत भी है। तो लोकगीत विरहा आपने सुना और विरहा पर आप पढ़ लेंगे। इसके भेद मैं बताऊँ कितने होते हैं—सौ से ऊपर, तो गाने वाला और सुनने वाला जब व्याख्या करेगा तब मालूम होगा, नहीं तो समझेंगे विरहा एक है। नगाड़े पर गाया जाने वाला विरहा अलग होता है—दूसरा अलग होता है।

अच्छा, आपको एक बात बताऊँ—बेस्ट स्टोरी टेलर, ये तो अवध में धन्धे वाले ही होते हैं तो वे आते थे और ज़्यादातर फ़सल कटने के कुछ पहले और महीनों रहते थे एक-एक गाँव में तो उन्हें पूरा गाँव बिदाई देता था। यह उनकी आमदनी का ज़रिया होता था और पुराण की कहानियाँ कहने वाले एक जगह अपना घर बना लेते—बाहर झोंपड़ी और वहाँ रहकर वे पुराण पढ़ते भी रहते थे और जब लोग जुट जायें तो कहानियाँ पुराणों की सुनाते थे। यह मैंने बहुत बाल्यकाल में सीखा जो आपने शायद सुना हो चकराघाट वग़ैरह जाकर, उस समय तक तो चालू था और अब वे कहानियाँ कहें तो किसके लिए, कोई होता नहीं। तो आपके यहाँ बहुत-सी चीज़ें जो मिट गयीं, उनको कैसे वो कहेंगे और जैसे अफ़साना कहने वाले आते थे गाँव-गाँव में, गाँव-गाँव घूमते थे, विदाई पाते थे। घोड़ा रखते थे—टट्टू, तो टट्टू, टांयधन ढेरों शब्द हैं। तो उन पर अपना सामान लादते थे, घर पहुँचा देते थे। इस तरह स्टोरी टेलर आते थे—अल्हैत

आते थे—बरसाती दिनों में जब पानी ज़्यादा बरस रहा हो। आल्हा होने में यह होता था कि पुराना अकश जो होता था, उसका बदला लोग ले लेते थे। आल्हा होने में पुलिस की व्यवस्था करायी जाती थी। जैसे आपको बताऊँ—एक लड़की है उसका नाम संज्ञा सिंह है। पता नहीं वो कहाँ की है लेकिन उसकी कविता के सारे संस्कार फ़ैज़ाबाद ज़िले के लगते हैं। फ़ैज़ाबाद ज़िले की व्यंजनाएँ आती है—आधुनिक हिन्दी में। आधुनिक हिन्दी को बिगाड़ रही है, ऐसी भी नहीं है। उसके ग्रामर को जानती है। उसकी कविताएँ 5-6-7 पढ़िये तो ये लगेगा कि आपके यहाँ ढेरों जो लिखने वाले हैं और पेपर में छपते हैं, उनसे ज़्यादा शानदार कविताएँ लिखी हैं और जानदार। मेरा ये कहना है कि लोक तत्त्व में अब भी बल है। लोक तत्त्व जो समझेंगे, उनके यहाँ तो वह आयेगा। जैसे आपको एक दोहा सुना दूँ इसी पर—

जइ पाविऊ केबीशु, पऊ अकिया कुड्डु करीषु।
पाणिऊ नवइ सराविजिऊं सव्व बंगें पइसीस ॥

किसी तरह से मैं प्रिय को पा जाऊँ तो जो क्रीड़ा नहीं की है, वह क्रीड़ा करूँ जैसे जब पानी सकोरे में पैसता है, मैं उसके सर्वांग में पैस जाऊँ। पानी को सकोरे में डालिये तो उसमें से सनसनाहट आती है—कान से सुनिये और मैं सकोरे में पानी डालकर सुना करता हूँ। जब वह आवाज़ बन्द हो जाये धीरे-धीरे तब उसे अलग करता हूँ। यह इतने कमाल का दोहा है। यह भाव रीतिकाल के एक कवि ने भी नहीं दिया। ऊँची कविताएँ भी निम्न कोटि की लगेंगी। संस्कार चाहिए। संस्कार नहीं तो समझेंगे कैसे। कविता जो नकार रहा है, वह नयी कविता की शर्तें भी नहीं जानता; नयी कविता की अपनी शर्तें हैं। उसमें भी अच्छी बातें आ सकती हैं और दुहराव तो करते हैं सीखने वाले और जो सीख चुके हैं, वे अपनी बात कहेंगे।

भारत भवन में लोक कलाओं को प्रदर्शित किया गया है, भोपाल में ही मानव-संग्रहालय बनाया गया है। क्या लोक कलाओं को इस तरह उनकी जड़ों से काटना उचित है?

प्रश्न आपका बढ़िया है लेकिन आपने भारत भवन तक ही अपने को रखा है। दिल्ली में प्रगति मैदान में ग्रामीण झोंपड़े बने हुए हैं तो जो विदेश से लोग आते हैं, उन्हें दिखाया जाता है कि यही माडल है हमारे गाँव का। वैसे घर अगर मिल जायें गाँव वालों को तो वे गर्व करेंगे। प्रगति मैदान कभी गये भी होंगे आप तो

आप ये माडल देखने नहीं गये होंगे। लेकिन जो अमेरिका से आते हैं—बड़े लोग, उनको तो ये दिखाये जाते हैं और वे कहते हैं कि भारत के गाँव बहुत अच्छे और आधुनिक सुविधाओं से पूर्ण हैं। आज भी गाँव में लोगों को साँप काट लेता है। ये तो नहीं दिखाया गया है उस माडल गाँव में, साँप भी चल रहा है। तो साँप दिखायेंगे तो और बदनाम हो जायेंगे कि ये मदारियों का देश है। मेरा यह कहना है कि जिनको गाँव देखने की फुर्सत नहीं है और जो आधुनिक हैं और अब चिल्लाने लगे हैं—उत्तर-आधुनिकता। आधुनिकता ही कब आयी आपके यहाँ। एक दिन शराब के कुछ प्याले पी लेने से आप आधुनिक हो गये, ये भ्रम कब तक पालेंगे। आधुनिक होना जीवन का स्तर ही बदल जाना है। यह हुआ नहीं, उत्तर-आधुनिकता का नारा बुलन्द हो रहा है और शोध छात्रों को रेता जा रहा है और उत्तर- आधुनिकता पर आ रहे हैं ग्रन्थ। मेरा यह कहना है कि जहाँ आधुनिकता ही नहीं है, वहाँ उत्तर आधुनिकता कहाँ से आयेगी। आधुनिकता का विरोध यूरोप में इसलिए हुआ कि पहले से सारी दुनिया की फिलासफी को मिलाकर चाहते थे कि हमारी फिलासफी का विकास हो। आज धीरे-धीरे वे देख पा रहे हैं कि उनके यहाँ क्रिश्चियन फिलासफी ही पूरी तरह से नहीं है और जन सामान्य तक नहीं फैली है। आप किसी भीख माँगने वाले से कहिये कि तुम मुसलमान हो जाओ भाई और क्या रखा है इसमें, हिन्दू होने में तो वह कहेगा कि हम अधर्मी नहीं बनेंगे।

भोपाल में मानव संग्रहालय बनाया गया है। क्या यह शब्द थोड़ा-सा विपरीत अर्थ नहीं देता?

(हँसी) इसके लिए पहले एक शब्द चलता था—'नृवंश संग्रहालय'। तो, नृवंश तो वंश मूल में जायेगा। मनुष्य कैसे हुआ—उसका तमाम चाहे माडल रखते थे, भूत-ऊत ये तमाम रखा जाता था और उन लोगों के यहाँ है। जैसे शरीर विज्ञान पढ़ाने के लिए शवाच्छेदन की ज़रूरत है तो शव उनके यहाँ पाना मुश्किल है। तो, वे आपके यहाँ वे शव मँगाते हैं। पैसा ख़र्च कर सकते हैं इसलिए आपके यहाँ लाशें बिकती हैं और लाश विक्रेता हैं आपके यहाँ। तो, बिना चीर-फाड़ किये एक-एक अंग की रचना कैसे समझ में आयेगी। तो, जैसे आपके यहाँ भी वो है।

लोक कलाकार स्वतः अपनी कलाओं में आधुनिकता को प्रवेश दे रहे हैं और ऐसा वे नागर रुचि की शर्तों पर कर रहे हैं—क्या इससे अप संस्कृति नहीं पनप रही है?

मैंने बताया न, कि लोक कलाकार जो हैं, खपनेवाला जो होगा—जैसे मैंने बताया राग में। जो राग राजस्थान में गाया जाता है—तो राग एक ही है। और ऐसे ही उकरेन से लगे कई इलाक़ों में विरहा जैसा राग चलता है। विरहा आपके यहाँ जो चलता है, वह उधर ही रहे हुए लोगों का है। आपके देश में अब न कोई वशिष्ठ की सन्तान है और न आज दिलीप आदि की। न जाने कितना घालमेल हो गया है। कोई न शुद्ध ब्राह्मण है, न शुद्ध राजपूत है, न शुद्ध वैश्य है। बड़ा मेल हो गया है। तब भी इतना ही है कि आप पुरानी किताबों के नाम तो लिख लेते हैं, वो भी पढ़ते हैं या नहीं पढ़ते—तो मेरा यह कहना कि संस्कार रूप में कुछ आप औरों से भिन्न हैं—जैसे जो बौद्ध धर्म थाइलैण्ड में है उसमें विशुद्ध मान्य देवता है और हैं लेकिन वे बौद्ध धर्म को मानते हैं तो अपने को बौद्ध कहेंगे, तो ईसाइयों ने पैसा ख़र्च किये, तो ढेरों पैसा ख़र्च करने के बाद थोड़े से लोग ईसाई हुए, अगर ईसाइयों की तादाद बढ़ गयी तो राजनीति के दबाव में ईसाई हावी हो जायेंगे...चीन में भी क्रिश्चियन बने, ये न मानिये कि वहाँ सब बौद्ध हैं और वहाँ बौद्ध धर्म का विरोध 'पॉलिटिकली' भी होता है क्योंकि हम बाहर के विचारक को क्यों महत्त्व दें—'कुंगफू' को क्यों न महत्त्व दें—जिसका अँग्रेज़ी नाम है—'कन्फ्यूशियस'। सवाल ये है कि आपके यहाँ जो महापुरुष आपके ही हैं—जैसे चीन में, चीनी भाषा में इतने अनुवाद हैं कि माओत्सेतुंग बिना अँग्रेज़ी जाने हुए पॉलिटिक्स की जो व्याख्या दे गये हैं, वो आश्चर्यजनक है।

लोक कथाओं में आधुनिकता के प्रवेश से कई चिन्ताएँ उभरकर सामने आयी हैं—एक तो यही कि नागर मन के मनोरंजन के अजायबघर समाप्त हो जायेंगे, दूसरी यह कि हम अपनी परम्परा के जीवन तत्त्वों से सम्पर्क खो देंगे, तीसरे यह कि इससे आधुनिकता और उसका मूल्य-बोध विघटित होगा—आदि-आदि। इस पर आप कुछ कहें?

लोक कला में ही बात है। लंगोट पहिनकर, अगर कोई उस पर कोट पहिनकर, टाई लगाकर, आता है तो हँसा जायेगा न, आज भी आपके यहाँ 'ह्मर' छोटी जातियों के जो होते हैं, वे हैट लगाकर आते हैं और हैट पहिने हुए आदमी को तो बड़े से मारा जाता है। उसको 'करिंगा' कहते हैं—अवध में : महफ़िल का मसखरा करिंगा, दिखलाता है 'रंग-बिरंगा' तो 'करिंगा' चमारों के नाच में होता था और करिंगा सब नहीं हो सकते थे और तोबड़े जो बनते थे या पीठ पर चमड़े का वो ढालनुमा ढका रहता था कपड़े से, उसी पर मारते थे,

तब भी चोट लगती थी और निशान आ जाता था। अवध से बनारस तक एक बात चालू रहीं, हमारे यहाँ होली से चार-पाँच दिन पहले और चार-पाँच दिन बाद तक रंग तो नहीं डालेंगे लेकिन मान लीजिए हम चार-पाँच की मण्डली है तो हम गाँव के मुख्य आदमी पर 'सटायर' अभिनीत कर देंगे, चलते-चलते-व्यंग और वह इसका बुरा नहीं मानेगा—माफ़ी है। तो छोटी जातियों में भी वह चलती है चीज़ और बड़ी जातियों का मज़ाक़ बनाते हैं वे। तो आपके यहाँ धर्मों के ही गर्भ में कई अनुभूतियाँ थीं जो जानते नहीं हैं पढ़े-लिखे लोग। तो कहाँ लोक की बात कर रहे हैं—लोक ही नहीं मालूम है। लोक नहीं—लोप ही वे जानते हैं।

लोक कला को आधुनिक बनाने का मतलब है कि आधुनिक वेशभूषा को आप मंच पर उतारिये, वे अटपटे लगेंगे। लोक के साथ ही लोक की संस्कृति और कला विकास करती है। ये तो उधार लिया हुआ, हुआ। जैसे बन्दर मदारी की टोपियाँ लेकर पेड़ पर चढ़ गये, तब मदारी के दिमाग़ में आया, उसने अपनी टोपी सिर से उतारकर फेंकी, उसी तरह से बन्दरों ने भी फेंकना शुरू किया। तो बन्दरों की तरह नक़ल करने लगेंगे तो लोक नाम का तत्त्व ही नहीं रहेगा।

क्या लोक का सब कुछ ग्रहणीय, सरल और सुन्दर है।

जैसे डायन किसी को घोषित करके मार डालना—बिहार में और राजस्थान में अभी है तो डायनवाले संस्कार जो हैं ये लोक जीवन के विकृत रूप हैं। आपके यहाँ तान्त्रिक नरबलि देता है—छिपकर। किसी के भी बच्चे का हरण कर ले जायेंगे—काट डालेंगे और ख़ून पी जायेंगे। इस तरह की जो तन्त्र साधना कर रहे हैं उनकी स्वयं बलि दे दी जानी चाहिए। इस तरह की साधना की ज़रूरत नहीं है। तो अगर इसको लोक में आप रख रहे हैं तो ग़लत है लेकिन अब जैसे बकरा-उकरा काटना। आप बकरे का मांस खायें ठीक है लेकिन देवी के नाम पर काट रहे हैं आप और जगदम्बा उन्हें कह रहे हैं तो जगत् में तो बकरा भी है न।

यहाँ लोक का फ़ैशन या बाज़ार उछाल पर है, क्या आप इसे लोक की वापिसी मानते हैं?

जैसे कुर्त्ता मैं ज़्यादातर पहिनता हूँ और पायजामा। कुर्त्ता-पायजामा भारतीय परिधान नहीं है। भारतीय परिधान अधोवस्त्र था और प्रावरण था—दुपट्टा वग़ैरह यही पहनते थे और नहीं तो पहनते नहीं थे। सिलने की कला का वर्णन तो

वेद मन्त्रों में है लेकिन सिले हुए कपड़े पहिनना बहुत अच्छा नहीं माना जाता था। इसलिए मेरी युवावस्था तक बल्कि अब भी कुछ लोग होंगे जो खाने जायेंगे तो बिना सिले हुए कपड़े पहन कर जायेंगे। अगर आप कुर्त्ता पहिने हुए बग़ल में बैठे हैं तो वे कोशिश करेंगे कि आपसे छू न जायें वे—आप से छूत मान लेंगे वे। तो बहुत-सी बातें हों जिनमें सुधार की ज़रूरत है। कुर्त्ता तुर्की का है। कुर्त्ती बनती थी महिलाओं के लिए और कमीज़ महिलाओं के लिए भी। अब तो उनके कोट अलग बनने लगे हैं और तमाम सामान। अब तो बदल गया है लेकिन अगर आप चन्द्रगुप्त पर नाटक कर रहे हैं—गुप्तकाल पर तो चन्द्रगुप्त पर नाटक करने के लिए किसी को पैंट पहनाकर पेश कर देंगे। पैंट तो भारत में आने के बाद आविष्कृत हुआ है, नहीं तो हौस पहिनते थे पहले। हौस जो था उसके पीछे दो पूँछें लटकती थीं तो सम्पन्न लोगों की वे दो पूँछ उठाकर चलते थे दो बच्चे—दस साल-बारह साल-पन्द्रह साल के। ये पेज ब्याय कहे जाते थे। नाटकों में उनके यहाँ आता है। आपके यहाँ तो अगर एक ही अभिनेता आपको मिला है, बड़े आदमी का चरित्र करने के लिए तो पेज ब्याय रहेगा ही नहीं और अब तो वो पूँछ बनती भी नहीं—उनके यहाँ भी। लेकिन शेक्सपियर आदि के नाटक आधुनिक नहीं किये गये, उसी तरह से चलता है। पैंट जो है पायजामे की नक़ल में बना—चौड़ी मोहरी का पहले बना फिर बाद में तंग मोहरी वाला भी चला—तो ये है—और आपके माडल्स जो हैं कपड़े बनाने वाले, कपड़ों की नयी डिज़ाइन बनाने वाले—ये लाखों कमाते हैं—चाहे वे फ्रांस से कमायें, चाहे लन्दन से, चाहे जहाँ से—ये है।

यहाँ बोली के आधार पर छोटे राज्यों की बात उभर रही है—आप इसे कितना मानते हैं।

यह राजनीतिक नेताओं पर ही छोड़ना चाहिए, क्योंकि जनता कुछ कर नहीं सकती। जैसे आपको पढ़ना है आप छत के नीचे पढ़िये, पंखा नहीं है तो पेड़ के नीचे मत पढ़िये, कमरे में ही पढ़िये, छत पूरी गिर जाये और जीवित रह जायें तो जय मनाइये— यही बात चल रही है। अनेक जगह बच्चे मरे हैं और एक जगह तो स्कूल की छत-वत कुछ थी नहीं।

क्या छोटे राज्यों की अवधारणा में बोली और उसकी संस्कृति का विकास सम्भव है?

अगर बोलियों के आधार पर हो तो मैं कहूँगा कि सागर एक अलग प्रान्त होना चाहिए और छतरपुर, बिजावर, पन्ना इन सबका अलग हो। जहाँ बदले भाषा वहीं कहिये कि अलग प्रान्त बनाओ। तब अन्ततोगत्वा ये आयेगा कि शनीचरी में हमारा मकान है और अगर हम फलाने मुहल्ले में आते-जाते हैं तो उसका वीज़ा आदि हमें चाहिए।

देखिये, दो करोड़ से ज़्यादा आबादी नहीं है केरल की और केरल में सबकी, अलग-अलग अपनी लायब्रेरी है—एक परिवार में, ये है, कि एक किताब आपने ख़रीदी है, आप मेरे भाई हैं, अब मैं ख़रीद नहीं पाया तो आपसे माँगकर मैं पढ़ लूँगा और आप एलाऊ करेंगे और फिर वापिस लेंगे—ये केरल का हाल है। तो केरल में बेईमान लोग कम हैं जो आपके यहाँ बहुसंख्य हैं।

मेरा ख़याल है कि लोग अपना-अपना घर भरना चाहते हैं। फिर लोग कहेंगे कि विश्वविद्यालय का अलग राज्य बनाइये और सागर नगर अलग रहेगा, है-न-इन बातों का तो कोई जवाब नहीं है।

डॉ. रामविलास शर्मा के अनुसार खड़ी बोली का विकास और प्रसार व्यापारिक पूँजीवाद की अभिव्यक्ति के रूप में हुआ था—क्या इसलिए खड़ी बोली आज विश्व बाज़ार की आसान शिकार नहीं बन रही है?

हमको साधुओं को और व्यापारियों को मान लेना पड़ेगा कि बड़े-बड़े प्रतिष्ठानों की सर्विस में रहे नहीं—तब हिन्दी फैली है। मुग़लकाल में भी आपकी हिन्दी से पूरे देश में व्यापार चलता था। उतरा पथ से दक्षिणा पथ तक। इन पथों के नाम संस्कृत की पुरानी किताबों में हैं और जब आना-जाना ख़तरनाक था, चोर-डाकुओं का भय भी था तो उस हालत में बड़े-बड़े कारवां चलते थे जिसको संस्कृत में सार्थवाह कहा जाता था—सार्थवाहः अर्थ—पैसा, रुपया वग़ैरह तो पहले आपके यहाँ अदला-बदली का धन्धा था जैसे आप गाय बेचना चाहते हैं तो गाय ले जायें और गाय के बदले जो सामान आपको लेना है, वह ले लें। यह पहले था, अब वो नहीं है। सिक्कों में वह होता है। और सिक्कों के दाम भी बढ़ते-घटते हैं यानी तब आपको था, 12 रु. में एक पूरा बैल मिल जाता था और बकरों आदि का दाम अधिक से अधिक 8 रुपये जाता था, वह भी बड़ी जाति वाले बकरों का, वह भी पुराने न हों, वे बेकार होते हैं तो आज एक बैल ख़रीदने जाइये तो 4-5 हज़ार रुपये से कम न लगेगा इसका मतलब जो ग़रीब है वह तो ले नहीं सकता। तो सवाल ये है आपके यहाँ

मुग़लों के समय में कारीगरों को दादनी मिलती थी। दादनी के लिए आधुनिक शब्द है 'ग्राण्ट'। तो ग्राण्ट तो लौटानी पड़ती है आपको अनिवार्य है और आप बँधे रहते हैं। दादनी में बँधे नहीं थे। दादनी में आपको फ्रीशिप थी चाहे आप बुनकर हैं, चाहे कोई भी कला करते हैं—चूड़ियाँ बनाते हैं, शीशा बनाते हैं—ये तमाम तो दादनी सरकार की तरफ़ से मिलती थी और भाई साब लगान आपको कैश में नहीं देना पड़ता था—काइंड में जो आपके यहाँ उपजा है, वही देना पड़ता था।

> मार्क्सवादी अवधारणा में—परम्परा इतिहास की यात्रा में मूलतः निषेधात्मक भूमिका अपनाती है। लोक कलाएँ मूलतः और तत्त्वतः परम्परा से बँधी हुई कलाएँ ही हैं—क्या इनकी भूमिका निषेधात्मक है?

विधि और निषेध तो सभी धर्मों में है—सभी देशों में है—अब जैसे अमेरिका में आप खाने बैठे—छुरी और काँटे को एक ख़ास पोज में न रखेंगे तो वे कहेंगे कि शिष्ट नहीं है। आपके यहाँ तो हाथ से ही खाने की आदत है। वे समझते हैं कि अँगुलियों से खायेंगे तो न जाने कौन-कौन से कीड़े घुस जायेंगे। अँगुलियों में कीड़े होते हैं तो क्या उनमें नहीं होते—काँटे चम्मच में—तो रोग क्या नहीं होते। इसी तरह से रोग नये-नये हो रहे हैं। आप आधुनिक तब माने जायेंगे जब आपके यहाँ एड्स के रोगी बढ़ जायें तो क्या आधुनिक होना चाहते हैं!

> हमारी जातीय परम्परा और आधुनिक विकास के बीच जो अन्तर्विरोध है क्या उनसे एक अपसंस्कृति के जनमने का ही ख़तरा है, क्या इससे एक प्रतिसंस्कृति नहीं बन रही है?

मैंने बताया न कि हर रीति-रिवाज़ के साथ विधि भी है और निषेध भी है—कुछ बातें करो, कुछ न करो। अब जैसे कटहल न कच्चा खाते हैं जैन, न पका हुआ, दोनों नहीं खायेंगे। आप बड़ी भक्ति से ले जाइये एक जैन मुनि को पका हुआ कटहल तो वह कहेगा कि बच्चा यह क्या लाये हो, ले जाओ इसे।

अब कैसे आपके यहाँ ब्राह्मण, क्षत्रिय और वैश्य तीनों को ऊँचा कहा गया, शूद्र अस्पृश्य होते हैं ऐसा पुरानी किताबों में तो ज़िक्र नहीं है और पुरानी किताबें पढ़िये तो आपके यहाँ रसोई आदि का काम शूद्र करता था—परोसने का काम भी आपका था और आये आगन्तुकों को इज़्ज़त वग़ैरह का। मेरा यह कहना है कि जिस देश में इतनी उदारता थी, उसी देश में आर्थिक कारणों से संकीर्णता आयी और यह संकीर्णता इस देश के लिए आज भी घातक है। मेरा यह कहना

है कि आपको यह मानना चाहिए कि सब मनुष्य समान हैं।

जैसे आपके यहाँ होटल तो बने हैं लेकिन पीने का पानी जो देते हैं वो उस गिलास में अँगुली से निशान बनाइये—बाहर से तो निशान बनता चला जायेगा। आप होटल में खा सकते हैं, मेरे जैसा आदमी नहीं खा सकता हालाँकि मैं एक ईसाई के यहाँ भी खा सकता हूँ, वो तो घर पर तो सफ़ाई से रहते हैं। मुसलमान के यहाँ खा सकते हैं लेकिन एक ब्राह्मण के यहाँ उस तरह का हो तो कौन खाना खायेगा, कौन पानी पियेगा। आप ही पानी पीते हैं, दुबारा पानी पीने के लिए माँगें तो हम गिलास को साफ़ करेंगे— जब देंगे। आपने ही पिया है तो यह नहीं कि आपने पिया है—लीजिए, तो आपके यहाँ सफ़ाई के नियम—अब आप आधुनिक हैं तो कहेंगे कि भाई साब हमने ही पिया तो हमें दो। तो नहीं, उसको जूठा मान लिया जाता है—आपके यहाँ। अच्छा हाँ, दूसरी बात—खाना-पीना बिना भेद के एक साथ होना चाहिए लेकिन यह नहीं कि आप एक ओर से खा रहे हैं, दूसरी ओर से कुत्ता खा रहा है—यह जीव दया नहीं है—कुत्ते को अलग खिलाइये, ख़ुद अलग खाइये।

मान प्रत्येक व्यक्ति को समाज के लिए उपयोगी होना चाहिए—चाहे नर हो, चाहे नारी। आपके यहाँ महिलाओं का, आज भी पूरे देश में आँकड़े इकट्ठे किये जायें तो यह पाया जायेगा कि उनका तीन-चौथाई प्रतिदिन ख़र्च हो जाता है, रसोई में। तो ऐसा होना चाहिए कि सब सहायक हों, कम समय लगे ताकि वे कुछ अपना काम करें। देहात की स्त्रियाँ अगर ख़ाली हो जायें तो वे गाली-गलौज से अपना मनोरंजन करती हैं। अब उसको आप कहेंगे कि यह तो बहुत बुरी बात है लेकिन इससे उनकी जानकारी बढ़ती है, आसपास की और पुरानी गढ़ी हुई बातें उभर आती हैं यानी पुराना इतिहास और घर-घर के कच्चे चिट्ठे आ जाते हैं।

लोक और शास्त्र के बीच कैसा और कितना अन्तःसम्बन्ध रहा है?

शास्त्र की जो बातें ठीक न लगे, उन्हें छोड़ दीजिए, जैसे मनु स्मृति में कान में सीसा डालने वाली बात है। मनु स्मृति में बहुत-सी बातें मानने लायक हैं लेकिन वे पूरी की पूरी नहीं चल सकतीं। जैसे राजा या शासक के लिए वहाँ निर्देश है कि अगर छात्र आ रहे हों तो राजा अपनी सवारी छोड़ दे और जब छात्र चले जायें तब राजा अपनी सवारी पर बैठे। आज का राजा जो है यानी एम.पी., एम.एल.ए. वह तो गोली चलवा देगा कि सड़क पर क्यों आये और दो-चार मर

जायेंगे तो उसके बाद खेद प्रकट करेगा। उसके खेद से कोई मरा हुआ बच्चा जी नहीं जायेगा—नहीं तो खेद का भी अपना महत्त्व है।

हमारे क्लासिक्स में जिस तरह लोक की आवाजाही है—क्या वैसी ही आवाजाही हमारी समकालीन कविता में है?

असल में आधुनिक हिन्दी अभी तक बोलियाँ बोलने वालों को अपना नहीं सकी है और वे भी नहीं अपना सके इसलिए हिन्दी के बड़े-से-बड़े कवि और लेखक गाँव की सम्पत्ति नहीं बने हैं। गाँव की विचारात्मक सम्पदा में कबीर, रहीम, तुलसी, जायसी, गिरधर आदि हैं। वहाँ मैथिलीशरण आदि नहीं हैं और जयशंकर प्रसाद आदि का यह हाल है कि एम.ए. करने के बाद गुरु को सौंप देते हैं छात्र और बाद में भूल जाते हैं कि क्या पढ़ा इसलिए साहित्य का जीवन से लगाव तो नहीं है क्योंकि इनकी व्यंजनाओं को लेकर वे किसी से बतियाते भी नहीं जबकि तुलसी और कबीर की बानियों में बात करते हैं और प्रभावशाली बना लेते हैं।

'एक पृथ्वी—एक संस्कृति' की कल्पना वैश्विक मनुष्य के सन्दर्भ में की जा रही है जबकि लोक की बुनियाद विविधवर्णी छवियों में है। क्या हमारी यह आधुनिक अवधारणा लोक कलाओं की पहचान के आगे संकट नहीं है?

हमारे यहाँ लोक की व्याख्या की जाये तो विभिन्न प्रकृति की भव्य परम्पराएँ पूरे देश में प्राप्त होती हैं और वे जो आज के बड़े-बड़े राज्य हैं या छोटे—उन राज्यों में भी अनेक हैं और अनेक रंग और रूप की हैं—इन सबका मिट जाना ही होगा। ये सुरक्षित रहें इससे यहाँ की जो उच्चतम विद्या आये उसको भी बल मिलता रहेगा इसलिए इनकी जो अलग पहचान है वो तो बरकरार रहे लेकिन इन पहचानों को लेकर लड़ने-झगड़ने की बात नहीं हो! जैसे यक्षगान आदि के अभियान उत्तर भारत में भी होने लगे हैं और धीरे-धीरे, देखते-देखते लोग समझने और सराहने लगे हैं। यही नहीं उनके नृत्य भी, उनके आहार की प्रक्रिया उत्तर भारत में भी चालू हो गयी है। जैसा डोसा, उपमा और तमाम खाद्य पदार्थ उत्तर भारत के छोटे-छोटे क़स्बों तक फैल गये हैं। डोसा बनाते हैं लोग—दोसा—जिसको डोसा कहते हैं, इसी तरह से इडली बनाते हैं—उनके मीठे व्यंजन भी बनने लगे हैं तो इससे विविधता आती है और संस्कृति की पहचान बढ़ती है।

छत्तीसगढ़ी के जो नाटक तैयार किये हबीब तनवीर ने, उनका अभिनय यूरोप में भी हुआ और जो हिन्दी नहीं समझते उनमें कुछ को समझाने की व्यवस्था की गयी तो उन्होंने अपनी दृष्टि से देखते हुए कहा कि यह रहनी चाहिए चीज़। तो जब चीज़ आपके यहाँ ही रहेगी तो वह प्रतिष्ठित कैसे होगी। जैसे हमारे यहाँ करिंगा का करेक्टर—यह अगर ब्रज की भूमि पर अभिनीत न किया जाये—दिखाया न जाये तो ब्रज वाले क्या समझेंगे कि कैसे यह होता है, और होली के मौक़े पर कितनी छूट होती है लोगों को कि तीख़ी आलोचना कर सकें और उसका बदला कोई न ले।

> वे कौन से कारण हैं जो लोककलाओं को विश्वव्यापी बना देते हैं? उदाहरण के लिए, भारत के लोकांचलों में प्रचलित कथा-कविता पश्चिमी देशों के लोकांचलों में ज्यों की त्यों मिलती हैं जैसे ब्रेख्त के नाटक—'काकेशियस चाक सर्किल' की कहानी हमारे यहाँ बुन्देलखण्ड में भी प्रचलित है।

यही नहीं, उसने अपने नाटकों में सूत्रधार भी रखा और कहा कि सूत्रधार तो बड़ी नेचुरल चीज़ है—उसमें नाटक लिखा। किसने इसका परिचय आना चाहिए। असल में दो नाटक कम्पनियाँ इस समय सारी दुनिया में चल रही हैं—एक तो शेक्सपियरियन और दूसरी ब्रेख्तियन। तो ब्रेख्त के नाटकों में यह होता है और सबके नाटकों में नहीं।

अब जैसे अवध के रहने वाले नागर। नागर ने चमारों के नृत्य पर तो एक कहानी भी नहीं लिखी है। चमारों के नृत्यों में क्या वैरायटी है ये वे क्या जानें लेकिन ये है कि नागर गुजराती भाषी—फ्लूयेन्टली हिन्दी के लेखक और अच्छे लेखक—तो ये होते हुए—उन्होंने 1857 पर एक किताब लिखी है और घूमे अवध में जितना मिला उसका उपयोग किया। तो मेरा ये कहना है कि आप जहाँ हैं, वहाँ के एक्सपर्ट बनिये। एक्सपर्ट वो होता है जो रखने वाली चीज़ें रखता है और छोड़ी जाने वाली चीज़ें छोड़ता भी है— लाख उसके आलोचक हों।

विहंग

'जिस घर में चिड़िया घोंसला नहीं बनाती, निर्वंश हो जाता है—' ऐसा लोक विश्वास है, घर को कबीर 'चिड़िया रैन बसेरा' कहते हैं, बसेरा देह है, चिड़िया आत्मा—'जा दिन मन पंछी उड़ जाने/ता दिन तोरे तन तखर के सबई पात भर जाने' आत्मा कल्प-कल्पों तक अनेक घरों में निवसती है—अब चाहे वह ग़ालिब का : 'बेदरो दीवार का घर' हो या लोक कवि ईसुरी का—

जिदना मन पंछी उड़ जाने, डरो पींजरा राने
भाई ने जेहें, बन्द ने जेहें, हंस अकेलो जाने
ई तन भीतर दस दरवाज़े की होकें कढ़ जाने
केबे खो हो जेहें ईसुर ऐंसे हते फलाने

आत्मा की अनन्त तलाश, घर की तलाश है—'हसा फिरें बिपत के मारे, अपने देश बिना रे' लोक में आत्मा की यह तलाश जीवन और जगत् से पलायन के चिन्तन में नहीं,—सम्बन्धों की ऊष्मा, घर की स्मृति की ही तलाश है; एक बेटी की बिदा का गीत है—'भोरइं उड़ जैहे सोन चिरैया/छतियाँ लगा कें रोबे री मैया/ जैसे बिन बछड़े के गैया' अनादि, अनन्त, अखण्ड, अछेद समय और स्थान को जैसी-तैसी चार दीवालों और एक छप्पर के नीचे पा लेना—ख़ुद को पा लेना है जैसे बहुत देर और दूर तक घूमता हुआ 'बाहर' इस आत्म-साक्षात्कार के लिए ही बैठा हो घर—दर्शन, चिन्तन, कविता, कलाओं का स्थायी स्वप्न है और इस स्वप्न में वे चिड़िया की तरह प्रवेश करते हैं—किसी कोने-अन्तरे में छूटी और बची रह गयी देह गन्ध को सूँघते, ईसुरी के 'ऐसे हते फलाने' (आमुक) को जानते-पहचानते अज्ञेय जी ने 'अन्तरा' में लिखा है—

हमारा मन जरा मुक्त है पर उसका स्मृति भण्डार बूढ़ा हो जाता है जबकि देह जराधीन है पर उसकी स्मृतियाँ बूढ़ी नहीं होतीं, दैहिक स्मृति ऐतिहासिक क्रम, काल, पूर्वापरता को नकारती है, अतिक्रान्त करती हुई स्थिर, कालमुक्त, तद्गत बनी रहती है।

दैहिक-दैविक भौतिक तापों से निरन्तर नष्ट और क्षरित होता हुआ घर—लोमश जैसे अगेही ऋषि और बुद्ध जैसे गृह त्यागी की स्मृतियों और असपनों में

भी बार-बार लौटता है और वे आँगन में लगे अनार, आम, नीबू की शाख पर टँगे घोंसले में बसेरा भी करते हैं और जायसी के शब्दों में कहें—गा अंधयार रैन मसि छूटी, भा भिनसार किरन रवि फूटी—सबेरा होने पर कलरव द्वारा हमें जगाते भी हैं।

आज घरों के बीच से आँगन बेदख़ल हुए हैं सो उसी के साथ एकाध पेड़ भी नहीं रहा लेकिन सूर्यास्त होते ही वह एक गौरय्या खिड़की के रास्ते मेरे कमरे में प्रवेश करती और छत की सीलिंग में ठुके हुए लोहे के एक हुक पर आकर बैठ जाती या शायद सो जाती। मुझे पक्षियों का सोना हमेशा अचरज में डालता रहा है—क्या बिना लेटे, आँखें बन्द किये भी सोया जा सकता है, छत का हुक अपने पंजों से पकड़कर वह टिकी रहती कभी किसी दुःस्वप्न से, नींद की हिलोर से भी धराशायी नहीं होती, बन्द कमरे के अँधेरे में भी, प्रभात की पहली किरन की आहट पर वह उठती है और अनजान दिशाओं में उड़ जाती है।

प्रकृति और मनुष्य के सम्बन्धों के बीच आदिकाल से पक्षी रहा है, उसकी लम्बी और सुदूर उड़ान ने पृथ्वी और आकाश को गोचर बनाया है, उसके कलरव और नानावर्णी काया ने मनुष्य की दुनिया को रंगारंग किया है, लोककवि ईसुरी की एक चौकड़िया है—

लालमुनिया, चातक और चकोर
पपीहा और मोर
ग्रीवा मोड़े शुक-सारिकाएँ
पीले
हरे—
अनेक पक्षी
गोरी की अँगिया उड़ते
बाँहों पर हैं फूल-लताएँ
गोरी का तन एक बगीची—

(हिन्दी रूपान्तर)

पक्षियों की उपस्थिति के कारण ही हमारी दुनिया सुकोमलता के नानावर्णी बिम्बों और उजास से भरी है, पक्षी होना उसकी इच्छा में शामिल है—

पंछी भये न पंखन बारे, इतनी जांगा हारे

सांसन में हो कढ़-कढ़ जाते, चाते नईं दुआरे

(जांगां = जगह; सांसन = छोटा छिद्र; कढ़-कढ़ जाते = निकल जाते;
चाते = चाहते; दुआरे = द्वार)

लोक के मन के वृक्ष पर पक्षी बसेरा करते हैं—तब भी, जबकि, अँग्रेज़ी कवि रिचर्ड बार्न फील्ड के सहारे कहूँ तो 'जड़ वृक्ष कलरव नहीं सुनते, पशु उत्साहवर्धन नहीं करते, मनुष्य उनसे बेख़बर है।

फिर भी पक्षी गा रहे हैं—सिर्फ़ गा रहे हैं क्योंकि उसका उत्स, बकौल शैली—'निसर्ग की सुषमा, ध्वनियों और उसकी जड़ों में है' पक्षी प्रकृति का स्पन्दन हैं, उसकी श्वास-प्रश्वास हैं, उसकी धमनियों में दौड़ता हुआ रक्त है। वे केवल जीवन नहीं है, जीवन का नैरन्तर्य भी है। यह जो जिजीविषा है न, वह पक्षियों के कार्य-व्यापार से ही प्रवाहित होती है। इसलिए पक्षियों के न रहने से जीवन स्थगित हो रहा है।

पक्षियों के एक से अधिक वन-घर होते हैं। गौरय्या जैसे पक्षी का घर हमारा—मनुष्य का घर होता है, कौआ-कबूतर जैसे पक्षियों का घर हमारे खेत-खलिहान, बाग़-बगीचे होते हैं, गिद्ध जैसे पक्षियों का घर हमारे जंगल है लेकिन मनुष्य के लालच के आगे पक्षियों के शिकार का सिर्फ़ ग्राफ़ ही नहीं बढ़ रहा है—सम्पूर्ण प्रजाति तक समाप्त हो रही है, उनके वन-घर भी छीज रहे हैं। आँगन नहीं रहा सो उसमें लगा एकाध वृक्ष भी नहीं रहा सो पक्षियों का निर्भय होकर फुदकना भी नहीं रहा। गौरय्या तो लगभग अगेही ही हो गयी है। अपनी विनम्रता और सहजता के कारण घर में हर जगह इसका स्वच्छन्द प्रवेश था—कभी चावल फटकती बहू के सूप से एकाध चावल ले उड़ती, कभी रसोई घर में 'मड़े' आटे में अपनी चोंच मारकर अनजानी लिपि में कुछ लिख जाती, तब हमारा विश्वास था 'राम की चिरैया, राम के खेत, खाओ री चिरैया भर-भर पेट'। आज के पोलीथीन-प्लास्टिक के युग में घोंसला बनाने के लिए न तो उसे घास के तिनके मिल पाते हैं और न अपनी उड़ान में घड़ी भर के विश्राम हेतु वृक्षों के शीर्ष। उनकी प्यास के लिए गरमी में जो मिट्टी का सकोरा रखा जाता था, वह भी आज कहाँ दिखता है। घर की सीलिंग में ढके लोहे के हुक पर बैठे देखकर सोचता हूँ ये अण्डे कहाँ देगी, कैसे सेएगी, यह तो निर्वंश ही हो जायेगी, पहले घर की खपरैल इनका घर होती थी। इस खपरैल के शीर्ष

पर एक गोल-गुम्बदाकार खपरा होता था जिसे हमारे यहाँ 'मंगरा' कहा जाता है इसमें मानव, पशु-पक्षी की मुद्राएँ होती थीं, जो हमारी रचना शक्ति के साथ ही जीवन को केन्द्र और शीर्ष पर रखने का प्रतीक बनता था, इन्हीं खपरों के बीच किसी रन्ध्र में तिनका-तिनका चुन कर वे अपना घोंसला बनाती, उसी में चिड़े के साथ सोती, अण्डे देती, उन्हें सेती, विहग शिशु के पंखों की पिशंग चमड़ी पर रोमराजि अंकुराने तक कहीं से एक-एक दाना चोंच में दबाकर लाती और उसकी लुगदी सी बनाती हुई नन्ही-सी चोंच में रख देती। कभी-कभार घोंसले के द्वार से ही विहग-शिशु को अनन्त का साक्षात्कार कराती—अनन्त आकाश, उसे नापते हुए अनन्त वृक्ष और पर्वत शृंग—उनकी क्रीड़ा स्थली।

मकान के स्थापत्य के बिखराव का असर सर्वाधिक पक्षी-जगत् पर ही हुआ है, वह लोक का समय था जब बिदागी अपने बाबुल से वचन लेती थी—'बाबुल नीम न काटियो, नीम चिरैया बसेर' और चिड़िया भी विनती करती थी—'जिन मारो गुलेल, आफत की मारी मुनैयाँ—बसेरो कर लेन दो' यह हमारा आधुनिक समय है जहाँ तिनका-तिनका चुनकर लाना मकराना से संगमरमर लाने जैसा, घोंसले के लिए जगह खोजना, किसी महानगर के किराये की खोली खोजना जैसा और एक निरापद स्थान खोजना, बुद्ध-महावीर-गाँधी के साक्षात् हेतु कठोर तपश्चर्या जैसा हो गया है। पक्षी खण्डहरों में नहीं निबसते। हाँ, उल्लू और चमगादड़ खण्डहरों में रहते हैं लेकिन उल्लू तो लक्ष्मी के वाहन के रूप में, घर में प्रवेश पा भी जाता है—पा ही रहा है। लेकिन चमगादड़? 'जिस घर में चमगादड़ घुसता है, खण्डहर हो जाता है'—ऐसा लोक विश्वास है। पक्षी जगत् में चमगादड़ एकमात्र स्तन्य पक्षी है इसलिए जाति-बहिष्कृत है, जातीयता का बहिष्कार या निष्कासन आत्म-निष्कासन होता है। श्रवणकुमार की कथा है—उनकी पत्नी को वट दादा चमगादड़ होने का शाप देते हैं। चाहते तो कौआ या मुर्गी ही बना देते। कौआ भी तो अपनी कर्कश आवाज़ और रंग के कारण घर के भीतर प्रवेश नहीं पाता लेकिन घर के छप्पर पर उसी का राज होता है। अतिथि के आने की सूचना अपनी 'काँव-काँव' से वही देता है। उसके सुदीर्घ आयुष्य के कारण पितृ मोक्ष के लिए 'पोस-पोस' करके उसे ही आमन्त्रित किया जाता है। सवेरा उसकी काँव-काँव से ही होता है। कवि नागार्जुन तो अकाल के बीत जाने को 'कौआ ने खुजलाई पांखें कई दिनों के बाद' जैसी काव्य पंक्ति द्वारा भी चरितार्थ करते हैं। प्रकृति की कुशल-क्षेम की ख़बर वही देता है—'आ रे कागा, जा रे कागा जंगल

पक गये बेर' और लोक में तो वह विरहिन के सन्देशों को पहुँचाने वाला तोता और कबूतर के समान नामावर भी माना गया है—'उड़जा रे कागा पिया के देश, दूध—भात के भोजन दैहो—सोने मढ़ैहों तोरी चोंच'।

श्री हरिवंशराय बच्चन की एक कविता है—
दिन जल्दी-जल्दी ढलता है
यह सोच थके पंछी के मन में
भरता कितनी विह्वलता है

दरअसल, यह विह्वलता, कविता की विह्वलता है। पक्षियों के बिना उसका तो मानो संसार ही उजड़ा जा रहा है। प्रकृति के रहस्यों को पक्षी ही तो खोलते हैं और पपीहा की 'पीयू-पीयू' ही तो वियोग शृंगार में उद्दीपन का कार्य करती है, यह कविता ही तो होती है जिसका इस विपुल प्रकृति से भी काम नहीं चलता इसलिए वह प्रति प्रकृति रचती-बनाती है। 'गरुड़ को किसने देखा है' लेकिन गरुड़ के बिना सृष्टि के पालनकर्त्ता विष्णु ही नहीं, उनकी सृष्टि भी ऐसी लगेगी जैसे—'सड़ी गधैया, मखमल की झूल' नीलकण्ठ हमें साल भर नहीं दिखता लेकिन दशहरा की सुबह उसे खोजकर देखने के लिए हम जंगल—पहाड़ों में भटकते फिरते थे—

नीलकंठ तुम नीलो रइयो
दूध-भात के भोजन करियो
हमाई खबर भगवान से कइयो
सोऊत होंय तो जगा के कइयो

रात में जब टिटहरी अपनी कर्कश 'टीं-टीं-टीं-टीं-टीं' के साथ चीख़ती तो हम अपने बिस्तरों में दुबक जाते—रक्षा स्त्रोत-सा रटते, हट तेरे अण्डे फोड़ू हंस मोती तो चकोर अंगारे चुगता है—

अपने अरण्य से भटककर
विपत्ति का मारा हंस
उड़ रहा है
सागर को त्याग कर
ताल-पोखर पर बैठता
मोती चुगने के दिनों को विस्मृत कर

कंकड-पत्थर चुगता
निरन्तर उड़ रहा है
अपने कुटुम्ब को खोजता

अपने अरण्य की खोज में—

(ईसुरी की एक चौकड़िया का रूपान्तर)

चातक—तुलसीदास का एक दोहा है : 'शरबद्ध चातक नदी की बीच धारा में पड़ा है—अपनी चोंच ऊँची किये कि कहीं नदी का पानी उसकी चोंच में न चला जाये और उसकी आस्था खण्डित न हो जायें। सम्पाती—'पहला विद्रोही था मैं, जिसने सूरज की चुनौती स्वीकारी थी'—(धर्मवीर भारती) न जाने ऐसे कितने मिथ हैं जिनके कारण कविता का संसार रंगारंग और सम्पन्न हुआ है। इकबाल का तो प्रिय प्रतीक ही है—शाहीन (शाहीन बाज नहीं है) ज़रा कल्पना कीजिए—न होता 'नाइटेंगिल' (या स्काईलार्क) का ग्रीक मिथक तब अँग्रेज़ी कविता क्या उतनी ही समृद्ध होती जितनी है। नाइटेंगिल पर अनेकानेक कविताओं के साथ जॉन कीट्स की—'ओड टू द नाइटेंगिल' कैसे अवतरित होती अँग्रेज़ी कविता की सोलहवीं सदी को पक्षियों की उपस्थिति के कारण—'मधुर गीत गाने वाले पक्षियों का घोंसला कहा गया है।' क्या ऐसे ही घोंसले में तब्दील नहीं होता, रेणु का उपन्यास 'परतीपरिकथा।' पूरे उपन्यास में पक्षियों की तरह-तरह की आवाज़ें—पंडुकी की 'तिर्र्र हुत्तू, तिर्र्र हुत्तू—तिर्र्र—तिर्र्र—तिर्र्र' परानपुर गाँव के सारे मानव कार्य व्यापार चिड़ियों की आवाज़, उछल-कूद, लड़ने-झगड़ने में परिवर्तित होते हुए सहज और प्रेमभरी दुनिया बनाते हैं, हमारा तो आदि काव्य ही पक्षी-वध की व्यथा से उपजा काव्य है—

मा निषाद प्रतिष्ठां त्वमगमः शाश्वती समाः
यत्क्रौंच मिथुनादेकमवधीः काम मोहितम्।